KB115166

Red Chronicle

레드 크로니클

FUSION FANTASTIC STORY

김현우 퓨전 판타지 소설

레드 크로니클 14권

김현우 퓨전 판타지 소설

초판 1쇄 찍은 날 § 2015년 4월 2일
초판 1쇄 펴낸 날 § 2015년 4월 9일

지은이 § 김현우
펴낸이 § 서경석

편집부장 § 권태완
편집책임 § 박은정

펴낸곳 § 도서출판 청어람
등록번호 § 제387-1999-000006호
등록일자 § 1999. 5. 31
어람번호 § 제1-2090호

주소 § 경기도 부천시 원미구 심곡2동 163-2 서경B/D 3F (우) 420-822
전화 § 032-656-4452 팩스 § 032-656-4453
http://www.chungeoram.com
E-mail § chungeorambook@daum.net

ISBN 979-11-04-90181-2 04810
ISBN 978-89-251-3523-6 (세트)

레드 크로니클

Red Chronicle

김현우 퓨전 판타지 소설

FUSION FANTASTIC STORY

14

[완결]

도서출판 청어람

CONTENTS

제1장
마족, 천족, 그리고 드래곤

전쟁은 끝났다.

티엘의 활약으로 치열한 전쟁은 막을 내렸지만 그 이면에 숨겨진 내용을 아는 이들은 별로 없었다.

천족에 대한 인간들의 인식은 그 자체만으로도 성스러우며, 복을 가져다준다는 생각이 짙었다. 실상을 들여다보면 그들은 단지 빛을 대변하는 존재일 뿐, 힘을 추구하고 자신의 이익만 쫓는 것은 마족과 동일했다.

천왕 테일리를 제거하고 전장의 우위를 점하는 데 성공했지만 로운 후작군은 어떠한 움직임도 보이지 않았다.

그에 안도한 레디븐 백작군도 철저하게 수성전만 준비할 뿐, 조용히 눈치만 살피면서 유야무야 시간을 보내는 중이었다.

하지만 그 이면에는 치열한 눈치 싸움이 끝없이 펼쳐지고 있었다.

"엉덩이 무거운 녀석들은 아직도 움직이지 않는다고?"

"그 부분에 대해선 사과밖에 할 수 없네요. 미안해요."

"늙은 생강 같은 레드 드래곤도 지켜봤는데 관망이라, 확실히 재미있는 종족이로군."

"그런 말씀 그만해 주시면 안 되나요? 안 그래도 답답해서 죽겠는데."

티엘과 겨뤘던 천왕 테일리의 무위에 제스피아리스는 물론, 베레아스도 심각한 위기감을 느꼈다.

천왕조차 강한 무위를 발휘하고 있는 상황에서 천황과 다수의 천왕, 그리고 마황과 마왕마저 대륙에 도사리고 있다는 건 재앙과도 같았다.

짙은 근심이 드리운 그녀의 얼굴을 보며 티엘이 픽하니 웃었다.

"답답하면 고칠 생각부터 해야지, 내 앞에서 목소리를 높일 정도로 상황이 여유로운 건가?"

"그건 아니지만… 후! 미안해요."

"사과하면 됐고."

어깨를 으쓱하는 모습에 제스피아리스가 발끈했지만 눈앞의 인간은 말도 통하지 않고, 드래곤의 계략에도 휘말리지 않는 '특별한' 존재였다

"그럼 이대로 있을 생각인가요?"

"마음 같아서는 황도에 쳐들어간 뒤 다 쓸어버리고 싶지만 온전한 힘을 지닌 천황이 얼마나 강할지 쉬이 짐작하기 힘드니 자중하는 모습을 보여야겠지."

"……."

"왜 그러지?"

"당신도 이런 말을 하는 인간인 줄 몰라서요. 약한 모습을 보인 거 알고 있나요?"

"무모한 것과 용기의 차이를 안다고 해주면 된다. 그리고 저들과 싸워줄 마황과 마왕이 있는데 내가 뭣하러 쓸데없는 힘을 빼야 하지? 차라리 서로 힘을 다 뺀 뒤 찾아가서 하나하나 제거하는 게 더 이익이지."

"틀린 말은 아니지만 저들이 당신의 의도대로 움직여 줄까요?"

"당연히 아니다."

"예?"

"소위 인간보다 뛰어난 상위 개체들인데 내 생각대로 움직

여줄 리 없지."

"그, 그럼 어떻게 저들이 맞붙을 거리 자신한 기죠?"

확신 어린 티엘의 말에 뭔가 복안이 있으려니 생각했던 제스피아리스가 다그치듯 물었지만 그의 입에서 흘러나온 대답은 평온함 그 자체였다.

"서로 상극인 존재니까 충돌을 일으키는 건 당연한 일 아닌가? 거기에 중간계의 위대한 수호자임을 자처하는 드래곤도 있으니 어떻게든 방법이 나올 거라 생각했지."

"마, 말도 안 돼! 이건 말도 안 되는 일이에요!"

티엘의 머릿속에 모든 계책이 들어 있다고 생각했던 제스피아리스로서는 청천벽력이었다.

지금 그 말은 아무런 계획도 없이 천족과 마족 무리를 중간계로 끌어들였다는 뜻 아닌가?

절규하는 그녀를 보며 티엘은 태연하게 말했다.

"그러니 어서 드래곤을 끌어들여서 좋은 방법을 강구해 보도록."

"……."

제스피아리스는 티엘의 면상에 주먹을 꽂아 넣고 싶은 걸 간신히 참아냈다.

천왕 테일리가 소멸하는 과정은 마왕들에게 있어 커다란

충격을 안겨주기에 부족함이 없었다.

그가 자신들에 준하는 힘을 지닌 인간이라는 것 정도는 이미 알고 있었다. 하지만 마왕조차 껄끄러워하는 천왕을 아이 손목 비트는 것처럼 어렵지 않게 해내는 걸 보고 마음속으로 불안감이 모락모락 피어나는 걸 느껴야만 했다.

"어떻게 보셨습니까?"

"확실히 대단한 인간이었다. 그런 인간이 존재할 줄은 몰랐다."

마황 클로라이네는 담담한 음성으로 대답했다. 소감을 물었던 켈그라인은 조심스럽게 그녀의 눈치를 살피면서 추가적으로 질문을 던졌다.

"그를 어떻게 보십니까?"

"어떤 의미의 질문이지?"

"앞으로 펼쳐질 상황에서 움직이실 때 느낌입니다."

"천족도 제법 귀찮게 굴겠지만 그 인간이 드래곤을 끌어들였다면 판은 더 커질 것이다. 아마 이 대륙이 뒤집어질 만한 전쟁이 벌어질 테지."

"중요한 변수로 작용한다면 제거하는 것이 낫지 않겠습니까?"

"……!"

켈그라인의 말에 슈크라인과 카이트론이 놀란 눈을 했다.

"왜 그런 눈으로 보는 거지?"

"그 녀석에게 가장 온건한 성향을 보이던 내가 그런 말을 할 줄 몰랐다."

"확실히 의외로군."

슈크라인, 카이트론으로 이어지는 말에 켈그라인은 쓴웃음을 지으며 대답했다.

"분명 그는 대단한 인간이다. 첫 만남 당시 내가 마검 그로인츠를 준 것이 후회될 정도로. 그 후, 내가 온건한 태도를 보였지만 그건 우리의 대계가 실현되지 않았기 때문이지 그에 대한 호감이 있어서가 아니다. 무엇이 선후인지 정확하게 판단하면 쉬운 일이다."

"확실히 그 인간을 제거하는 일에 대해서는 나는 찬성이다."

티엘에게 된통 당한 적 있는 슈크라인이 찬성을 표했다. 카이트론은 잠시 생각에 잠기는가 싶더니 클로라이네에게 시선을 돌려 물었다.

"분명 위험요소가 될 수 있지만 반대로 드래곤들과 함께 천족 녀석들을 처리하는 역할을 맡길 수도 있을 것 같은데, 여황 폐하께서는 어떻게 생각하시는지?"

"너희의 말이 틀린 건 아니다."

중간계 침공은 뒤로 미루더라도 그들이 강림한 첫 번째 목적은 터지기 직전인 마계와 천계의 전력을 우회 강림시켜 소모시키고자 함이었다.

마족과 천족 둘 모두 각자 자신의 승리를 확신하고 있지만 반대로 서로가 만만치 않다는 것을 확실하게 자각하고 있었다.

티엘과 드래곤은 중간계의 존재인만큼 먼저 제거하거나 아니면 상대의 전력을 깎아먹는 패로 활용하는 게 최선이었다.

하지만 그 일이 쉽지 않음을 모두 잘 알고 있었다.

"한 가지만은 분명히 알아야 해. 우리가 이런 생각을 하고 있다면 상대 역시 비슷한 생각을 할 수 있단걸."

"천족 녀석들이라면 확실히……."

고개를 끄덕이는 카이트론의 모습에 슈크라인은 마음에 들지 않는 듯 눈살을 찌푸렸다.

"그러니 먼저 선수를 치기 전에 제거하는 것이 옳지 않습니까."

"그를 제거한다면 우리가 아무런 피해도 입지 않을 거라 생각하나, 슈크라인?"

"……."

차마 아니라고 단호하게 대답하지 못하는 슈크라인이었다. 하지만 가슴 깊숙한 곳에서 치미는 모욕감에 얼굴이 터질 것처럼 붉게 달아올랐다.

날카로운 눈으로 켈그라인을 노려보니 그도 뒤지지 않고
시선을 마주했다.

"그만."

둘의 신경전을 제지한 것은 클로라이네였다. 그녀의 말에
그들은 감히 반항하지 못하고 조용히 뒤로 물러나는 모습을
보였다.

"모두의 생각을 잘 알겠어. 지금 우리에게 필요한 건 정보
고, 함부로 움직이면 상대를 자극하는 행동이 될 거야. 아마
그것까지 생각에 넣어두었다면 그 인간은 정말 무서운 상대
가 되겠지."

"…예, 그가 인간이지만 마주치는 내내 강렬한 위화감을
느끼게 만들었습니다."

켈그라인의 솔직한 발언에 슈크라인은 인상을 확 찌푸렸
지만 고개를 끄덕여 동조했다.

"우선 정보를 모으도록. 그리고 한번 만남을 주선해 보는
것도 나쁘지 않을 거야. 그다음 확실하게 정해도 늦지 않을
테니까."

"음흉한 인간이라 함정을 파놓고 기다릴 수도 있습니다."

"내가, 그까짓 함정을 무서워할 거라 생각해?"

파직!

날카로운 소음이 뇌리를 울리는 순간, 슈크라인의 몸이 거세게 흔들리며 뒤로 세 걸음 물러났다.

짧은 순간이지만 머릿속을 강타한 정신 공격에 그의 눈이 번뜩 뜨였다가 이내 제 형태로 돌아왔다.

"죄송합니다, 여황 폐하."

"성격이 급하고, 실수 정도는 범해도 괜찮아. 하지만 말을 할 때 제 주제를 파악하고 말하도록 해. 네 앞에 누가 있는지, 내가 어떤 존재인지."

"예."

마계는 철저한 약육강식이 이루어지는 곳.

그중에서 가장 정점에 도달한 클로라이네의 압도적인 위용에 슈크라인은 고개를 숙여 보였다.

전선이 소강상태로 접어든 뒤, 티엘은 최소한의 인원만 남겨둔 채 영지로 복귀했다.

천왕 테일리를 제거함으로써 자신의 무위를 증명했고, 드래곤에게 적의 힘이 어느 정도인지 알림으로써 경계심을 갖게 만드는 데 성공했다.

하지만 가장 큰 문제는 다름 아닌 마황과 천황을 어떻게 서로 상잔하게 만드느냐였다.

이 부분에 대한 준비가 전혀 이루어지지 않았다는 말에 제스피아리스는 게거품을 물면서 티엘을 따라다니며 괴롭혔다.

"빨리 방법을 마련하도록 해요."

"그건 드래곤이 해결할 문제라고 했을 텐데?"

"당장 탁상공론만 하고 있는 상황에서 우리더러 방법을 고안하라고요? 말도 안 되는 소리 마요. 그렇게 되면 우리가 그 피해를 고스란히 뒤집어쓰라는 말이잖아요!"

티엘을 따라다니면서 그를 어떻게 상대해야 하는지 대략 눈치챈 제스피아리스는 적정선을 지키며 그에게 방법을 요구했다.

결국 항복을 한 건 티엘이었다.

드래곤의 부족함을 깨닫도록 만든 뒤 방법을 내놓으려던 그는 제스피아리스의 집요함에 두 손을 든 뒤, 최대한 빠른 시간 안에 방법을 찾아낼 걸 약속했다.

그제야 만족하고 사라지는 제스피아리스였지만 그녀가 모르는 사실 하나가 있었다.

티엘이 허락을 했어도 정작 방법을 고안하는 건 그가 아니란 걸 말이다.

군사부에는 난데없는 티엘의 말을 듣고 발등에 불이 떨어졌다.

"천족과 마족이 싸우는 방향? 그리고 주군과 드래곤이라는 변수까지 모두 감안해야 하고?"

　하나하나가 범상치 않은 것이 없고, 변수가 너무나도 많아서 무엇을 어떻게 시작해야 할지 쉬이 갈이 잡히지가 않았다.

　하지만 티엘의 성향이 어떤지 알고 있는 그들로서는 대답을 하고 방법을 강구할 수밖에 없었다.

　"우선 상황을 주도하고 있는 세력이 누구인지 알아야 하는데, 알고 있으십니까?"

　가장 큰 그림을 그리는 제이론이 말을 던졌지만 직접 명령을 받은 토릭슨은 고개를 저었다.

　"전혀. 그냥 이런 이런 세력이 있는데 어떻게 저 둘을 상잔시킬지 생각해 보라고 말씀하시더군. 그냥 괴롭히고 싶으면 괴롭힌다고 말을 하시든가."

　"굉장히 어려운 일입니다. 마족과 천족은 물론이고 드래곤들도 어떤 방향으로 움직일지 알 수 없는 상황인데……."

　명령을 내리는 건 티엘이었고 머리를 쥐어짜면서 괴로워하는 것은 그들의 몫이었다.

　쉬지 않고 회의에 회의를 거듭하면서 방법을 찾아내고자 했지만 쉽지 않았다.

　가장 먼저 천족은 레디븐 백작과 결탁한 상황이었고, 마족은 음지에서 기회를 엿보는 중이었다.

"가장 좋은 방법은 천족이 레디븐 백작과 협력하면서 힘을 기를 수 있는 징황을 포착하는 것인데……."

"그 소문을 만든다고 해도 어떻게 마족에게 전하느냐가 문제겠지."

"이거, 어렵군."

토릭슨이 냉소적으로 받아치자, 클리멘트 남작은 고개를 저었다.

그들이 할 수 있는 것은 최대한 커다란 틀을 만든 뒤, 경우의 수를 고려하여 이상적인 결과로 이끌 수 있는 여러 가지 계책을 고안하는 게 전부였다.

일주일 동안 회의에 회의를 거듭한 끝에 나올 수 있는 모든 경우의 수를 계산하고 범위 안에 둔 뒤, 두툼한 서류를 만들어 티엘을 찾아갔다.

"방안을 찾았다고?"

"아닙니다. 마족과 천족의 성향을 꺠지 못하고, 드래곤도 인간인 우리들이 함부로 재단할 수 없는 만큼 가장 좋은 방향을 설정한 계획서만 만들어놓았습니다."

"손에 들고 있는 게 그건가 보군."

"예."

토릭슨의 대답에 티엘은 턱짓으로 책상 위에 올려놓으라고 했다.

쿵! 하는 소리와 함께 두툼한 서류가 올려졌다.

"그럼 가보도록."

"…대략적인 개요는 들어보지 않으시는 겁니까?"

"이 서류를 읽는 건 내가 아니라 드래곤이 될 것이다. 머리가 그렇게 좋다고 하니 이럴 때 읽어보고 대응하라고 하는 게 최선이겠지."

"……."

순간 서류가 너무 많아서 읽어보기 싫은 게 아니냐고 묻고 싶은 토릭슨이었지만 목숨은 하나였기에 위험한 모험을 감행할 수 없었다.

"수고했다. 돌아가도록."

"예, 주군."

"아, 그리고."

고개를 숙인 뒤 집무실을 벗어나려던 토릭슨이 멈칫했다. 그리고 대답을 기다리듯 바라보니 태연한 그의 목소리가 귓가를 파고들었다.

"다음에도 부탁하지. 다른 변수가 생겨날 수 있을 테니까."

"…아, 알겠습니다."

까마득하던 그 상황을 다시 한 번 경험해야 한다는 사실에 토릭슨은 머릿속이 텅 비는 듯한 충격을 받아야 했다.

티엘은 토릭슨이 놓고 간 서류를 읽어보지도 않은 채 곧상 제스피아리스에게 건넸다.

"이게 그 대안이다. 읽어보고 구체적인 계획을 수립해 놓도록."

"이걸 다 읽으라고요?"

"드래곤에게 별로 많은 양은 아닐 텐데? 초안을 잡아줬으니 나머지는 힘을 보태야 하는 거 아닌가."

"…그러죠."

따지고 보면 자신이 요구한 일로 벌어진 일이다. 여기에서 빠질 수 없는 노릇이었기에 입술을 지그시 깨문 뒤 서류를 챙겨 들었다.

"책사들이 말하길, 드래곤의 성향이 어떤지 알 수가 없어서 계획 수립이 어렵다고 하더군. 그러니 첨가 부분에 상세히 적어두도록."

"이대로 하면 마족과 천족이 먼저 충돌할 수 있도록 유도할 수 있나요?"

"아니, 모른다. 저들이 마냥 멍청하지는 않을 테니까."

"그럼 무의미한 것 아닌가요?"

자신이 열심히 준비를 해온다고 한들 아무것도 적용해 보지 못한 채 무산될 가능성도 배제할 수 없었다.

따지듯 묻는 제스피아리스를 보며 티엘이 반문했다.

"그래서 내가 드래곤들이 먼저 의견을 합의 보라고 했던 거다."

"   ."

대답할 말이 있을 리 없었다.

양어깨를 축 늘어뜨린 제스피아리스는 서류를 든 채 쓸쓸히 퇴장했다.

테일리의 소멸로 자칫 끈 떨어진 신세가 될 뻔한 레디븐 백작이었지만 천황 미델쿠스의 전폭적인 협력 약속으로 더한 전력을 손에 넣게 되었다.

"제국의 중앙이라면 입지가 나쁜 곳은 아니군."

이미 테일리가 추진하던 일을 이어받아 황도 전체를 천족에게 우호적인 분위기로 만들어놓은 미델쿠스가 만족스러운 미소를 지었다.

빛을 다루는 것만으로도 쉽게 현혹되는 인간의 존재는 자신들에게 커다란 힘을 선물로 주었다.

"반대로 적에게 포위되어 있는 형국이기도 합니다."

미델쿠스 앞에 선 제이안은 침착한 목소리로 상황을 설명했다.

북에는 히드로 2세가, 남으로는 로운 후작이 있는 형국은 포위 공격을 당할 수 있는 구도이기도 했다.

하지만 그는 전혀 개의치 않는 기색이었다.

"테일리가 당한 건 뜻밖이지만 크게 반응을 보일 정도는 아니다. 어차피 대륙에는 마왕도 강림한 상황이니 황도를 중심으로 견고한 요새를 쌓는 것도 나쁘지 않은 일이지."

"하지만……."

제이안이 무어라 말을 하려고 했지만 미델쿠스가 손을 들기 무섭게 입이 턱 막혔다.

숨통을 옥죄는 듯한 압력에 등이 땀으로 축축하게 젖어들었다.

"무엇을 염려하는지 잘 알고 있다. 너는 그를 걱정하는 충성스러운 인간이로군."

"……."

"중간계로 넘어오지 않은 우리는 가장 먼저 안전을 확보해야 할 필요성이 있다. 가장 중요한 우리의 안전이 확보되는 순간, 인간 네가 원하는 방향으로 움직여 줄 수 있으니 그때까지 지켜보도록."

담담한 어조로 이어지는 말이 끝나는 순간까지 제이안은 아무런 말도 하지 못했다.

"이것은 내 선물이다. 보다 건강해져서 네 주군을 모시도록."

그의 어깨를 친 미델쿠스는 조용히 자리를 벗어났다. 그때까지 움직이지 못했던 제이안의 몸에서 변화가 일어나기 시작했다.

순백의 기운이 점점 강렬해지는가 싶더니 어느 순간 검은 이물질이 몸 밖으로 흘러나왔다.

턱턱 막혀오는 숨통이 확 트이자 제이안의 몸이 무너져 내렸다.

"허억! 헉! 헉!"

거칠게 숨을 몰아쉰 그는 엎드린 채 아무런 움직임도 보이지 않았다.

죽은 듯 웅크리고 있던 그가 살며시 고개를 들 무렵에는 두 눈 가득 경악이 서려 있었다.

"이건……."

코를 찌르는 악취가 몸에서 풍겨 나왔다. 그와 별개로 몸은 가볍기 그지없었다. 계책을 짜내느라 잠도 제대로 이루지 못하면서 무겁던 몸은 가벼웠고, 만성 두통도 씻은 듯 사라졌다.

그제야 미델쿠스가 어떤 의미로 자신에게 그런 말을 했는지 알 수 있었다.

거센 감동이 전신에 휘몰아치면서 제이안은 몸을 가늘게 떨었다.

티엘에게 말했던 대로 제스피아리스는 서류뭉치를 보면서 래곤의 뛰어난 두뇌를 십분 발휘하여 계책을 완성해 냈다.

계책의 가장 큰 줄기는 천족과 마족이 서로 양립할 수 없는 존재이며, 서로에게 용납할 수 없는 움직임이 이어지면 자연히 충돌을 일으킬 수밖에 없다는 내용이었다.

비록 인간이 세운 계책에 살짝 힘만 보탠 것에 지나지 않았지만 내심 자신감을 갖고 있던 제스피아리스의 기대감은 베레아스의 말이 이어지는 순간 와장창 무너지고 말았다.

"유감이지만 적용하기 어려울 것 같네."

"왜, 왜죠?"

"아직 우리들이 움직일 준비가 되어 있지 않기 때문이지. 계책 자체는 매우 훌륭하네."

"말도 안 돼요! 이대로면 천족과 마족이 충돌을 일으키게 만들 수 있어요. 그럼 우리들은 큰 힘을 들이지 않고 저들을 중간계에서 몰아낼 수 있는데……."

거세게 반발하는 제스피아리스였지만 베레아스는 고개를 저었다.

"왜 안 되는 건가요?"

"간단하게 말하자면 드래곤의 고집이지."

"…알량한 고집 때문에 더 커질 수 있는 피해를 야기하겠다고요?"

"중간계의 수호자를 자처하면서 드래곤은 신의 의지를 실현했지. 하지만 이 세상 모든 것이 세월이 흐르면 변질될 수밖에 없네. 그것은 우리 드래곤에게도 마찬가지로 적용되었고."

"저는 이해할 수 없어요. 이 내용을 실천하기만 하면 돼요. 어렵지도 않잖아요?"

"그 계책이 부족해서가 아니네."

"그럼 왜요?"

"계책의 골자가 인간들이 세운 것이기 때문이지. 드래곤이 인간들의 뜻대로 움직일 거라고 보는가?"

"……."

정곡을 찌르는 말에 제스피아리스는 꿀 먹은 벙어리가 되었다.

그녀 또한 계책에 살을 덧붙이면서 내심 인간의 개입이 드러난다면 드래곤의 고집으로 거부할 수 있다고 느꼈던 것이다.

"고작 그 이유라면 제가 모든 걸 다 재정립했다고 말하면 돼요."

"그래도 결말은 마찬가지일 테지."

"구체적인 이유를 알려주세요. 저는 단편적인 정보보다 확실한 진실을 알고 싶어요."

드래곤인 자신이 모든 것을 주도하겠다고 해도 부정적으로 말하는 그의 태도가 이해가 되지 않는 제스피아리스였다.

베레아스는 잠시 그녀의 얼굴을 빤히 바라보더니 이내 한숨을 푹 내쉬고는 말했다.

"지금 드래곤 로드는 그 인간의 제거를 놓고 고민하고 있다네."

"인간? 티엘 로운이요?"

"그렇다네. 그는 우리 드래곤의 자존심에 커다란 상처를 남겼지. 그게 결정적이었지."

"말도 안 돼……."

티엘은 드래곤에게 중간계에 닥친 위협을 가장 먼저 알려준 인간이다. 수호자로서 고마워해도 모자랄 판에 제거를 하겠다니.

상식으로 납득하기 힘들었기에 그녀의 얼굴에 짙은 어둠이 드리웠다.

"현재 우리 드래곤에게 드리운 문제이기도 하지."

"베레아스 님이 도와주시면 안 되나요?"

레드 드래곤 중 최고룡인 베레아스라면 모든 드래곤에게 입김을 행사할 수 있었다.

간절함이 담긴 그녀의 목소리에도 불구하고 그는 고개를

저었다.

"내 말이 먹힐 수 있었다면 이런 말도 하지 않았을 거라네. 이미 모든 결정은 드래곤 로드들을 중심으로 돌아가고 있지. 이 상황에서 동족들이 나서게 만들 수 있는 건 딱 하나뿐이고."

"그게 뭐죠?"

"이번 저들의 강림에서 아주 큰 피해를 입는 것. 그거라면 아마 정신을 차릴 수 있을 테지."

"……."

절대 원치 않는 상황이었기에 제스피아리스의 얼굴에 어둠이 드리웠다.

"이유를 알려다오."

티엘을 찾은 클레디오 백작은 그를 보며 간절하게 답을 요구했다.

웃음기 섞인 얼굴로 그를 바라본 티엘이 어깨를 으쓱하며 말했다.

"꽤나 오랫동안 고민을 하는가 싶더니 답을 찾아내지 못했나 보군?"

천왕 테일리에게 패한 뒤, 클레디오 백작은 거처에 틀어박혀 모습을 드러내지 않았다.

긴 시간 동안 패배의 원인을 찾고자 행동했지만 결국 그 답을 찾아내지 못한 채 티엘을 찾아온 것이다.

"간단해. 네가 인간의 한계를 초월하지 못했기 때문이다."

"한계라면 이미 초월한 지 오래다."

자신을 놀린다고 여긴 클레디오 백작이 표정을 굳히며 말했다.

이미 절대강자의 수준을 넘어선 그는 티엘을 제외하고 어느 인간도 도달하지 못한 전인미답의 경지로 향하고 있었다. 눈앞의 괴물이 존재하기에 자만하지 않았지만 자신 스스로는 정확하게 파악하고 있었다.

"그렇게 생각할 수도 있겠지만 현실이 다르다는 것을 알게 되었지. 그리고 인간의 한계를 초월했다는 건 육체적인 걸 말하는 게 아니야. 내가 말하는 부분은 여기다."

정면으로 반박한 티엘이 손으로 툭툭 건드린 곳은 바로 머리였다.

"무슨 의미지?"

"네 힘은 강해졌지만 의식은 아직 인간 수준에서 머물고 있다는 뜻이다."

"……."

그의 말은 이해가 될 듯하면서 쉽게 감을 잡기 힘들었다. 혼란스러워하는 표정을 보며 티엘이 간단하게 설명했다.

"넌 블랙 드래곤의 힘을 고스란히 이어받으면서 몸은 인간의 한계를 초월한 용인이 되었다. 그에 따라 오러의 위력도 강해지고 검술도 깊어졌지. 하지만 그게 전부라고 생각했다면 오산이다."

"다른 게 있나?"

"근본적으로 넌 인간이 아니다. 인간과 드래곤 사이의 혼혈인 하프 드래곤보다도 더 진한 드래곤의 피를 이은 존재지. 단순히 그 힘만으로도 대단하지만 의식은 그 힘에 얽매여 인간의 한계를 초월하지 못하고 있어."

구체적인 설명이 이어졌음에도 클레디오 백작은 이해하지 못한 표정이었다. 처음부터 그가 쉽게 이해할 거라 기대도 하지 않았기에 티엘은 어깨를 으쓱하며 말했다.

"답은 간단해. 네가 인간이 아니라는 걸 인정하기만 하면 된다."

"내가 인간이 아니라고……?"

"정확히는 인간과 드래곤 반씩 섞인 용인이지. 인정하기 힘들다면 계속 한계를 그어놓고 지금 그대로 아주 조금씩 강해지든가."

빈정거리는 말투였지만 복잡한 표정의 클레디오 백작은 방금 전 말에 큰 충격을 느낀 듯했다.

점점 굳어가는 모습을 보며 티엘이 손을 휘휘 젓자 클레디오 백작은 한 차례 고개를 끄덕여 보인 뒤 조용히 방을 벗어났다.

"이러면 되나?"

혼자 남게 된 티엘은 눈을 가늘게 뜨며 중얼거렸다. 그의 입가는 짙은 호선을 그리며 웃음을 짓고 있었다.

드래곤의 힘을 고스란히 이어받은 클레디오 백작은 현재보다 미래에 더 강해질 인물이었다.

당장 마왕과 천왕에게 패배를 당했어도 마왕과 동급인 흑룡왕의 힘을 계승한 만큼 소화해 낼 경우 그 수준에 도달하는 것이 가능했다.

하지만 그 사실을 알려주지 못했던 이유는 준비가 되지 않아서였다. 오늘도 그 사실을 일러두었지만 단기간에 소화해 낼 수 있을 거라 여기지 않았다.

"어떻게 하느냐에 따라 다르겠지. 그 부분은 내가 해결해 줄 수 있는 부분이 아니니까."

하지만 그가 강해지면 큰 도움이 될 것임이 분명했다.

자신이 나서야 하는 귀찮은 경우, 상당 부분을 덜어줄 수 있을 클레디오 백작의 미래를 떠올리며 미소 짓던 그는 돌연 표정을 굳히며 말했다.

"계속 눈감아 줬으면 이제 그만 지켜보고 나왔으면 좋겠는데?"

"실례를 저질렀습니다."

나직한 목소리와 함께 모습을 드러낸 것은 다름 아닌 켈그라인이었다.

클레디오 백작과 대화를 나눌 때부터 있었지만 몸을 숨긴 채 집중하고 있었다.

"그 인간이 카를렌스의 힘을 이어받았습니까?"

"운이 좋았지."

"아직은 부족해 보이지만 힘을 제 것으로 만들 수 있으면 중간계에 또 다른 흑룡왕이 모습을 드러내겠군요."

"잘 여물 때까지 보호하고 있는 중이지. 바로 선보이면 노릴 녀석이 많을 것 같아서."

"하하!"

그중 하나가 자신이었기에 켈그라인은 웃음을 지으며 어물쩍 넘어갔다.

분위기를 가볍게 환기시킨 티엘은 그를 직시하며 말했다.

"여길 찾아온 이유는?"

"하고 싶은 말이 있어서 아니겠습니까?"

"마황이 만나보고 싶다고 말했나 보군."

"…맞습니다. 생각이 있으신지?"

"마황이라, 날 찾는 걸 보면 세력의 균형추가 누구에게 있는지 알고 있는 듯하군."

"……."

켈그라인은 긍정도 부정도 하지 않았다. 하지만 그 침묵이 무언의 긍정임을 모르는 이는 없었다.

"마황이 찾는 이유를 듣고 싶다."

"폐하께서는 서로 좋은 관계를 맺고 싶어 하십니다."

"좋은 관계라……."

참으로 추상적인 표현이 아닐 수 없었다. 티엘은 그 말 속에 들어 있는 함정이 무엇인지 잘 알고 있었다.

"확실히 보통이 아니군. 하긴, 그러니 천왕을 잡는 자리를 마다하고 구경만 하다가 돌아갔겠지."

"그날은 잘 봤습니다."

그의 공치사에 티엘은 피식 웃었다. 참으로 정감이 가지 않는 말투가 아닐 수 없었다.

그것은 뒤로 미뤄두고 그는 마음을 정한 뒤 입을 열었다.

"마황의 속내가 무엇인지 잘 알았다. 내 대답은……."

그의 대답을 들은 켈그라인의 표정이 신중하게 바뀌었다.

제2장
야망과 사랑의 경계

카본 대공을 찾은 로즈는 거처에 틀어박혀 수련을 하는 데
모든 신경을 쏟았다.

 그녀의 힘이 절실한 상황에서 도울 생각이 전혀 없음을 드
러냈기에 카본 대공의 속은 까맣게 타들어가고 있었다.

 이미 절대강자의 반열에 올라선 로즈의 존재감 하나만으
로 히드로 2세에게 큰 힘이 되어줄 것은 불을 보듯 뻔했다.

 수성을 하다가 목숨을 잃은 하브리스 공작의 뒤를 이어 근
위기사단장이 된 그로서는 외부로 움직일 수 없는 몸이 되었
기에 이제나저제나 로즈의 대답만 기다리고 있는 형국이 되

었다.

그리고 시간이 더 흘러 로즈가 칩거를 깨고 모습을 드러냈다.

그녀가 가장 먼저 찾은 대상은 다름 아닌 카본 대공이었다.

소식을 듣고 곧장 발걸음을 한 그를 보며 로즈가 꺼낸 말은 간단했다.

"대련해요, 아버지."

카본 대공과 로즈는 연무장으로 향했다. 처음부터 굳은 표정을 한 그는 감정이 전혀 드러나지 않는 그녀의 얼굴을 바라보았다.

"네 말대로 대련을 할 때 나는 전력을 다하지 않았다. 굳건한 너의 뜻을 꺾을 수 없음을 알았기 때문이다."

"……."

로즈는 대답하지 않았다. 하지만 기분이 좋지 않음을 간파하는 건 어렵지 않았다.

"네가 이렇게 찾아와서 내게 전력을 다해주길 바란다는 건 이기적이라는 걸 알고 있을 것이다. 내 말이 틀리다고 생각하느냐?"

"틀리지 않아요."

자신이 이기적임을 로즈도 순순히 시인했다. 아버지의 간절한 부탁은 들어주지 않은 채 자신의 목적만 이루려는 행동은 아무리 생각해도 옳지 못했다.

"네게 전력을 다해주길 원한다면 나도 네게 조건을 걸 것이다."

"황제를 위해 일하라는 건가요?"

"네게 무리한 요구는 하지 않을 것이다. 현재 폐하께서는 그 자리의 존립조차 위태로운 상황에 몰리셨다. 사적으로는 네 사촌 동생이다. 곤경에 처한 사촌을 도와줄 수 없는 것이냐?"

"제게 더 이상 흑심만 보이지 않으면 가능해요."

로즈가 히드로 2세를 떠날 수밖에 없었던 이유는 간단했다.

하나는 티엘을 향한 마음을 억누를 수 없었기 때문이고, 다른 이유는 자신에게 흑심을 드러내는 게 노골적으로 바뀌면서 더 이상 편히 대할 수 없었기 때문이다.

그것만 주의해 줄 수 있다면 잠시 히드로 2세를 도와주는 것은 일도 아니었다.

어차피 티엘을 다시 찾아가기까지 한참의 시간이 남아 있었다.

"그것이면 족하다. 내 조건은 간단하다. 네가 날 열 수 안에 제압할 수 있다면 네 마음대로 해도 좋다. 하지만 그것이

실패하다면 당분간 남아 폐하를 도와다오."

"받아들일게요."

"좋다."

흔쾌히 수락하는 로즈를 보며 카본 대공은 환하게 웃음을
지었다.

결과부터 말하자면 로즈는 카본 대공을 열 수 안에 제압하
지 못했다.

엘리멘탈 프로젝트로 정령과 일체화된 카본 대공은 정령
화를 자유자재로 구사할 수 있게 되었다.

로즈의 검술은 강력했지만 형태를 자유롭게 변형시키며
거세게 공격을 퍼붓는 카본 대공의 공격은 그동안 상대하던
것과 확연하게 달랐다.

하지만 실력 차이는 여전히 존재했고, 처음에는 어려움을
겪었지만 곧바로 빈틈을 간파하고 차근차근 밀어붙이기 시작
했다.

변칙적인 공격으로 우위를 점했던 카본 대공의 손발이 어
지러워졌고 아홉 번의 공격이 이어질 때, 완벽하게 무력화가
되었다.

마지막 열 번째 공격이 적중하면 로즈의 승리였지만 그녀
는 끝내 검을 휘두르지 못했다.

카본 대공이 목숨을 도외시한 전진을 함으로써 그녀의 마음에 빈틈을 만들어낸 것이다.

결국 검이 허망하게 허공을 가르면서 카본 대공의 승리로 끝났다

"……."

로즈는 아무 말도 하지 않고 카본 대공을 바라보았다. 무언의 요구에 그는 쓴웃음을 지으며 입을 열었다.

"구차하다고 해도 좋다. 하지만 우리에게는 네 힘이 필요하다, 로즈. 날 욕해도 좋지만 폐하를 향한 충성심은 이해해다오."

"…제가 이기적이라는 걸 알고 있어요. 하지만 아버지는 착각하고 계신 게 있어요."

"뭐지?"

"제가 승리에 목이 말랐다고 해도 아버지를 벨 만큼 어리석지 않아요. 아버지의 진심을 보았기에 그 요구를 들어드릴게요. 그러니 다시는 목숨을 내건 도박은 하지 말았으면 좋겠어요."

그녀의 수락이 떨어지자 카본 대공의 얼굴이 환해졌다.

"물론이다. 고맙다, 로즈!"

"……."

와락 그녀를 안은 카본 대공이었지만 그녀의 얼굴은 여전

히 무표정했다.

　당장 합류를 결정한다고 한들 로즈에게 바뀌는 것은 없었
다.

　방으로 돌아가는 그녀의 뇌리로 율리아의 목소리가 울려
퍼졌다.

　[갑자기 마음이 바뀐 이유가 궁금한걸요?]

　"마음의 빚이야. 내가 너무 이기적이라는 걸 깨닫게 되었
어."

　[흐응, 마음의 빚이라? 아직 미련이 남는 건 어쩔 수가 없나
보군요.]

　"내 혈육이고 날 길러준 아버지니까. 조금 돌아가는 길이
어도 홀가분해."

　[좋은 결정이에요. 로즈와 겨뤘던 그는 단기간에 따라잡기
힘든 남자예요. 좀 더 실력을 가다듬고 경험을 쌓는다면 그다
음은 재미있는 대결을 벌일 수 있을 거예요.]

　"…정말 그게 가능하다고 봐?"

　[물론이에요. 제 검술은 허망하게 패배를 용납할 만큼 약하
지 않답니다.]

　"알아. 다만 내가 어떻게 견뎌내야 할지 머릿속이 복잡해
서 그래."

[그것도 앞으로 고민해 봐야 할 일, 제가 잘 지도해 드릴 테니 걱정하지 마시죠.]

"알았어."

거의 도달했다고 생각했던 것이 사실은 시작점에 불과했다. 이러한 사실은 누군가에게 절망을 심어주기에 충분했지만 로즈에게는 이제 시작이었다.

그녀의 얼굴에 굳은 결의가 서렸다.

로즈의 합류는 히드로 2세의 마음을 뒤죽박죽으로 헝클어뜨렸다.

눈부시게 아름다운 외모로 만개했을 때, 한눈에 반하여 반드시 자신의 여인으로 만들고 싶다는 생각을 했다. 그래서 수단과 방법을 가리지 않고자 했지만 매정하게도 그녀는 떠나가고 말았다.

그리고 다시 마주한 상황에서 자신은 황도를 빼앗기고 북쪽으로 도망친 신세였다.

잘 보이고자 하는 여인에게 못난 모습을 보여줘야만 하는 히드로 2세의 표정은 좋지 못했다.

특히 주변의 시선이 모여들면서 남자들이 그녀를 훑는 것에서 더더욱.

"오랜만입니다, 누님."

"네, 폐하."

"전과 달라진 모습은 없군요. 누님은 언제나 아름답습니다."

"감사합니다."

사심이 담긴 질문, 그리고 짧은 대답.

그 속에 깃든 의미는 결코 가볍지 않았다.

그들을 지켜보는 질렛과 실레반은 상황이 어떻게 돌아가는 것인지 단번에 눈치챌 수 있었다.

눈부시게 아름다운 그녀를 향해 어떻게든 말을 이어 붙여보려고 하는 히드로 2세, 그리고 시종일관 담담한 로즈의 태도까지.

'좋지 않군.'

두 책사의 머릿속을 동시에 스치고 지나간 생각이었다.

히드로 2세가 로즈에게 마음을 빼앗긴다면 앞으로 일을 진행함에 있어 걸림돌로 작용할 수밖에 없다.

무엇보다 그들로 하여금 의구심을 자아내게 만드는 것은 단지 미모만으로 남자의 마음을 훔치는 그녀가 정말 대단한 신위를 지녔는가였다.

그것을 아는지 모르는지 히드로 2세는 계속해서 로즈에게 말을 걸었다.

"누님이 다시 돌아와서 기쁩니다."

"아버지의 요청으로 온 거예요. 폐하께서 하시는 일에 도움을 드리겠지만 그 이상 바라시지 않았으면 좋겠어요."

날 선 목소리로 경고를 날리는 그녀였지만 히드로 2세는 웃으며 고개를 끄덕일 뿐이었다.

"물론입니다."

"구체적으로 무엇을 해주길 원하시나요?"

"현재 황도에는 역적 레디븐 백작이 군을 이끌고 있습니다. 하지만 그곳이 완벽하게 안정되지 않았다는 것이 책사들의 견해입니다."

히드로 2세가 둘을 가리키자 로즈의 고개가 돌아갔다. 눈을 마주치는 순간 숨이 멎는 것을 느꼈지만 책사 특유의 냉정함으로 호흡을 되찾고는 정중하게 그녀에게 인사를 건넸다.

"질렛입니다."

"실레반입니다."

"로즈 카본이에요. 황도 수복을 위해서 무슨 일을 해야 하죠?"

실레반이 앞으로 나서면서 말을 이어나갔다.

"첩보에 의하면 레디븐 백작은 천족과 손을 잡았다는 소문이 있습니다. 얼마 전 로운 후작이 한 차례 충돌을 일으킨 뒤, 천족을 제압했다는 소문도 있지만 가장 중요한 사실은 레디븐 백작 곁에 천족이 있다는 것입니다."

"……."

로온 후작이 언급되자 로즈의 눈이 살짝 흔들렸고, 히드로 2세는 그것을 놓치지 않았다.

불같은 질투가 가슴속에 들끓었지만 이제 막 이곳에 온 로즈를 이대로 놓칠 수 없었다. 꾹 참으며 감정을 다스리는 사이, 로즈와 실레반의 대화는 깊은 부분으로 들어가고 있었다.

"천족의 힘은 마왕과 대등한 수준으로 추정되며, 황도의 모든 백성이 천족에게 현혹되어 레디븐 백작을 전폭적으로 지지하고 있습니다."

"다른 곳은?"

"현재는 황도만 그렇습니다만 황도 장악이 끝나면 그 주변이 될 것은 뻔합니다. 그렇기에 가장 먼저 해야 할 일이 황도 인근을 하루라도 빨리 폐하의 휘하로 넣어서 충성을 바치도록 만들어야 합니다."

"가장 간단한 방법을 잊고 있는 것 같은데."

"예?"

"천족을 처리하면 되는 것 아닌가요?"

"……."

허를 찌르는 말에 순간 실레반은 꿀 먹은 벙어리가 되고 말았다.

그녀의 말마따나 천족만 제거한다면 그다음은 일사천리로

일이 진행된다.

"하지만 천족의 힘은 마왕에 준하는 걸로……."

"그 정도면 내가 감당할 수 있을 것 같아요."

"예?"

대화를 나누는 실레반은 눈앞의 로즈가 제정신인가에 대해서 진심으로 의문이 들었다.

다른 존재도 아니고 자그마치 마왕과 동급의 힘을 지닌 존재다.

인간의 힘으로 넘볼 수 없는 그 존재를 감당할 수 있다고?

머릿속이 뒤죽박죽이 된 그는 아무 말도 하지 못한 채 침묵만 지켰다.

그를 구해낸 것은 옆에서 지켜보던 질렛이었다.

"로즈 공녀님은 마왕에 준하는 천족을 상대하실 수 있습니까?"

그녀는 한 치의 망설임도 없이 고개를 끄덕였다.

"가능할 것 같아요."

"진심이십니까?"

"지금 제가 거짓을 말하는 것처럼 보이나 보군요."

피식 웃은 로즈가 손을 들었다. 아까 전부터 머릿속에서는 당사자도 아닌 율리아가 난리를 피우고 있었다.

[실력을 보여줘야 할 것 같네요. 저런 책사들은 자신이 본

게 아니면 절대 믿지 않죠.]

철컹! 차앙!

그녀의 손짓에 놀라운 일이 벌어졌다. 히드로 2세를 지키기 위해 주변에 포진되어 있던 근위기사들의 검이 일제히 뽑혀 나오면서 허공 위로 떠오른 것이다.

"어? 어어!"

"저, 저건!"

당황한 근위기사들은 떠오르는 검을 잡고자 했지만 그들의 의지를 배반한 채 유유히 날아갔다. 그리고 로즈 앞에 질서정연하게 도열하더니 하나같이 붉은 오러가 서리기 시작했다.

"마, 말도 안 돼!"

이글이글 타오르는 오러는 절대강자만 펼칠 수 있는 오러 파이어였고, 그것이 펼쳐지는 검의 숫자는 무려 열다섯이었다.

절대강자만이 가능한 비기를 검 열다섯 자루에 펼친다?

이는 꿈에도 꾸지 못한 엄청난 신위임이 분명했다.

짧은 무력시위를 펼친 뒤, 로즈가 다시 허공에 손을 젓자 검은 근위기사들의 검집으로 빨려 들어갔다. 상상도 못할 압도적인 힘 앞에 그들은 침묵을 지켰다.

"원한다면 더 보여줄 수도 있는데."

"아닙니다. 로즈 공녀가 이렇게 강한 줄도 모르고 자존심이 상하는 말을 했습니다. 죄송합니다."

"괜찮아요. 직접 목격하지 않은 걸 믿기 힘들다는 것 정도는 알고 있으니까."

"용서해 주셔서 감사합니다."

로즈도 문제 삼지 않고, 질렛도 허허 웃으며 넘기니 분위기는 한결 편안해졌다.

"저는 어렵게 가지 않길 원하고 있어요. 당장 군을 이끌고 천족을 제거한 뒤 황도를 찾으면 된다고 봐요."

"분명 그러고 싶기는 하지만……."

로즈가 제 힘을 보였다고 해도 확실한 정보가 없는 상황에서 모험을 할 수 없는 노릇이었다.

반대로 가급적 당면한 위기를 빨리 끝내려는 로즈는 책사들의 신중한 태도가 그리 마음에 들지 않았다. 하지만 현실을 직시한 그들의 말을 무시하고 넘기는 것도 쉬운 일은 아니었다.

"책사님들의 의견에 따르겠어요. 제 힘이 필요한 일이 있으면 그때 불러주세요."

"이해해 주셔서 감사합니다, 공녀님."

"그럼 저는 돌아가 보겠습니다."

질렛을 일별한 로즈는 히드로 2세를 향해 고개를 숙여 보였다.

"오랜만에 만났으니 식사라도 하고 가시죠."

"그러고 싶지만 앞으로 제 힘이 필요한 날이 많을 것 같으니 남는 모든 시간을 수련에 쏟고 싶습니다. 죄송해요, 폐하."

"……."

입을 닫은 히드로 2세까지 일별한 로즈는 그대로 발걸음을 돌렸다.

[후훗! 이제 거절하는 것도 제법 능숙해졌군요.]

"이곳에 무슨 일인가, 베르니스."

베레아스는 갑작스레 방문한 손님을 보고 놀라며 맞이했다.

"드릴 말이 있어 찾아왔습니다."

레드 드래곤 로드 베르니스는 공손하게 고개를 숙이며 말했다.

일족의 최고룡은 베레아스였기에 그 인사를 받아들이는 모습에는 전혀 이상함이 느껴지지 않았다.

"내게 하고 싶은 말이 무언가? 이제 일족의 일에 관여도 하지 않는데."

이미 수천 년 전 레드 드래곤 로드를 한 뒤 물러나 칩거 생활을 이어나가는 베레아스로서는 갑작스러운 방문에 의아함을 느낄 수밖에 없었다.

"얼마 전 드래곤 회의에 난입한 인간의 문제입니다."

"그 인간? 무슨 이상한 짐이라도 있는가."

"더 이상 그 인간이 설치는 걸 지켜보지 못하겠다는 말이 많습니다."

"허어……."

베레아스는 그가 무슨 이유로 자신을 찾아왔는지 알아차릴 수 있었다. 곧이어 베레아스의 얼굴에 짙은 분노가 드리우기 시작했다.

"그래서 내게 하고 싶은 말이 뭔가? 그 인간과 알고 있으니 함정으로 안내라도 하라는 겐가?"

"무례한 부탁이라는 건 알고 있지만 지금은 그것이 최선입니다."

"무엇이 최선인가?"

"인간 녀석이 설칠수록 자극을 받은 천족 녀석들과 마족 녀석들이 틈을 파고들 것입니다. 그들을 상잔하게 만든 뒤 일망타진하기 위해서라도 인간이라는 변수를 없애는 것이 최선입니다."

"내 여기서 그런 말을 듣게 될 줄 몰랐군."

황당한 표정을 지은 베레아스가 중얼거렸지만 베르니스의

표정에는 변화가 없었다.

"이게 자네 혼자만의 생각인가?"

"아르메니안도 동의한 사안입니다."

아르메니안은 골드 드래곤 로드였다.

"레드족과 골드족이 의견을 모았다면 결론은 난 것과 같군."

허탈한 표정을 지은 베레아스가 고개를 저었다. 육체적인 능력이 가장 뛰어난 레드 드래곤과 마법이 가장 뛰어난 레드 드래곤이 결정을 내렸으니 다른 드래곤들은 그대로 따라올 가능성이 높았다.

"도와주시겠습니까?"

"어떤 걸 도와달라는 겐가? 그 인간을 제거하는 데 힘을 보태달라고? 그러기 힘들다는 것을 모르지 않을 텐데."

"그저 말만 보태주시는 걸로 충분합니다."

"못 들은 걸로 하겠네."

냉정하게 고개를 돌리는 그를 보며 베르니스는 미소를 지었다.

"적어도 침묵으로 도와주겠다는 걸로 들어도 되겠습니까?"

"로드가 되고 난 뒤 능구렁이가 되었군. 내가 도와줄 일은 없을 걸세."

"무슨 뜻인지 알겠습니다. 하하! 제법 걱정이 많았는데 다행입니다. 저도 일족의 어른에게 불경을 저지르는 건 내키지 않는지라."

"할 말이 끝났으면 돌아가게."

불쾌한 표정을 지은 베레아스가 손을 휘젓자 그는 고개를 끄덕인 뒤 자리에서 일어났다.

"방금하셨던 말은 꼭 기억해 주시길."

"……."

베레아스는 아무런 대답도 하지 않았지만 들을 생각도 없는 듯 미소를 지은 채 돌아가는 베르니스였다.

"하나로 힘을 모아도 부족할 판에 이런 일이 발생하다니."

설사 그 인간을 제거한다고 해도 중간계에 강림한 천족과 마족을 어떻게 상대해야 할지 베르니스는 머릿속이 복잡해져만 갔다.

"더 이상 인간이 아니라……."

연무장 중앙에 자리한 클레디오 백작은 티엘이 했던 말을 중얼거렸다.

그의 말마따나 흑룡왕 카를렌스의 힘을 받아들인 시점부터 자신은 더 이상 인간이라 부르기 힘든 존재가 되었다.

검으로 드래곤의 브레스를 구사하는 것도 비슷한 맥락이

아니던가.

그럼에도 자신은 끝까지 인간이기를 고집하고 있었다. 그러한 인식 자체가 힘의 한계를 그어놓아 제대로 된 무위를 발휘하지 못하게 만드는 것인데 말이다.

"극복할 방법은 이미 나도 알고 있다."

천왕과 대결을 벌인 뒤, 답답한 마음에 티엘을 찾아갔지만 클레디오 백작은 냉정하게 생각하여 처음부터 자신이 답을 알고 있다는 사실을 자각했다.

카를렌스의 모든 것을 물려받은 몸.

그 안에 잠든 거대한 힘은 뜻대로 움직이지만 온전히 자신의 것이라고 묻는다면 그건 아니었다.

자신의 힘이되 아닌 것.

모두 받아들이는 순간 인간이 아니게 될 것을 염려한 걸까. 은연중 그 힘을 하나로 녹여낸 것이 아니라 언제든지 활용할 수 있는 저장고 같은 역할로 한정지었다.

그러다 보니 힘의 효율에 문제가 생기는 건 당연했다.

제 의지대로 움직여야 할 힘이 불필요한 단계를 더 거치니 운용하는 양이 적을 수밖에.

"이걸 받아들이면 되겠지."

사실을 자각했으니 남은 것은 카를렌스의 드래곤 하트를 녹여내는 것이다.

하지만 행동으로 옮기는 것은 그리 쉬운 일이 아니었다.

"그럼 이제 인간이 아니게 되는 건가?"

티엘은 말했다. 아직도 스스로를 인간으로 생각하고 있느냐고.

그리고 그에 대한 대답은 '그렇다'였다.

인간으로 태어났고 인간으로 살아왔기에 육체가 바뀌어도 그 정신은 바뀌지 않았다.

그러나 티엘이 한 말은 그 정신마저 바꿔야 한다는 걸 의미했다.

힘을 위해 인간이길 포기하는 것, 그것은 권력을 위해 인간의 길을 포기한 귀족들의 행태와 크게 다를 바가 없다는 걸 잘 알고 있다.

그럼에도 클레디오 백작은 거대한 힘에 휩쓸린 자신을 통제할 수 없었다.

"더 강해질 수 있다면."

그 중얼거림이 모든 것을 대변했다.

더 강해지고 싶고 더 큰 힘을 손에 넣고 싶다. 마왕과 천왕 앞에서 무력해야 했던 모습이 싫었고, 저만치 앞서 나가는 티엘의 존재가 부러웠고 따라잡고 싶었다.

그러한 열망은 그가 지닌 망설임마저 지워내는 결과를 낳았다.

콰직! 콰지직!

단단히 응고시켜 놓았던 드래곤 하트가 그의 의지 아래 깨지기 시작하더니 이내 거대한 힘이 여러 가닥으로 분출되었다.

쏴아아아!

어둠을 머금은 강렬한 힘이 전신에 퍼져 나갔다. 충만한 힘이 전신을 지배해 나가며 아찔함을 선사하자 악문 클레디오 백작의 입에서 신음이 흘러나왔다.

"크으으!"

두 눈을 부릅뜬 그의 눈동자에 붉은 핏줄이 드러났지만 작업은 멈추지 않았다. 이미 개조를 마친 육체는 강렬한 힘조차 견뎌낼 만큼 견고해져 있었다.

하지만 힘의 양이 점점 커져가면서 고통도 가중되고 있었다.

그것이 견뎌내기 힘든 한계를 넘어섰을 때 클레디오 백작의 입에서 비명이 터져 나왔다.

"크으! 크으으! 크아아아아!"

콰콰콰콰!

통제되지 않은 힘이 사방으로 뻗어 나가면서 주변 일대에 휘몰아쳤다.

여전히 클레디오 백작을 중심으로 묶여 있었지만 그것은

견뎌내기 힘든 성질이었다.

"크읍! 크으으!"

어떻게든 고통을 억누르려고 했지만 한번 통제에 벗어난 힘은 제멋대로 날뛰었다.

그럴수록 내부에 힘이 쌓여 나가는 걸 느꼈지만 반대로 통제에 벗어나는 양도 많아졌다.

이대로 두면 제어되지 않은 힘이 폭주하리란 걸 그는 모르지 않았다.

이를 악문 그가 안간힘을 써봤지만 쉽지 않았다.

"이렇게 될 줄 알았지."

"……!"

서서히 포기로 돌아서려던 찰나, 한 줄기 목소리가 귓가를 울리면서 클레디오 백작의 두 눈이 번뜩였다.

"일단 소리를 지르면 힘이 새어 나오니 이것부터."

퍽!

클레디오 백작 앞에 모습을 드러낸 티엘이 가슴 부근을 두드리자 신기하게도 아무런 말도 흘러나오지 않았다.

뻐끔거리는 그의 모습을 지켜보던 티엘은 이내 살벌한 미소를 지어 보였다.

"소리를 지르지 못하니 힘도 새어 나가지 않고 좋아졌지. 비명도 지를 수 없게 되었고."

'지금 무슨 짓을 하려고……'

사이한 그의 미소가 눈에 밟힌 클레디오 백작은 도와줄 필요가 없다고 말하고 싶었다. 하지만 그의 앞에 도달한 티엘의 손은 등에 얹혀 있었다.

"조금 아플 거다."

어떠한 동의도 구하지 않은 채 티엘은 멋대로 날뛰는 힘을 통제해 놓은 뒤 클레디오 백작의 내부로 우겨넣기 시작했다.

억지로 넣는 힘이 가져다주는 고통의 양은 대단해서 그의 두 눈이 부릅떴다. 그리고 죽일 듯이 티엘을 노려보려고 했지만 날뛰는 힘을 통제하는 것만으로도 벅찼다.

'크으으으! 죽인다! 죽여 버리겠어!'

큰 힘을 손에 넣은 것은 기쁜 일이지만 이런 고통이 수반될 거라 아무런 말도 하지 않은 티엘에 대해 타들어가는 듯한 분노가 피어났다.

하지만 티엘은 그 떨림을 다른 의미로 해석했다.

"큰 힘을 손에 넣어서 기쁜 건 알지만 적당히 하도록. 이제 시작인데."

"……!"

이어질 고통에 클레디오 백작의 머릿속이 뒤죽박죽으로 헝클어졌다.

"이 정도면 되었나."

정신을 잃은 클레디오 백작을 보며 티엘이 중얼거렸다.

여전히 거센 힘이 그를 중심으로 움직이고 있었지만 전보다 안정되었나.

드래곤 하트로 강화된 그의 육체와 강인한 정신은 기어이 모든 힘을 통제 아래 넣는 데 성공한 것이다.

"육체적인 한계를 감안해도 마왕과 대등한 무위는 기대해도 좋겠지."

이미 한정된 힘으로도 마왕, 천왕과 일전을 벌였던 클레디오 백작이었다. 카를렌스의 힘을 온전히 통제하에 둔다면 충분히 마왕과도 대등한 대결을 벌일 수 있을 거라 기대했다.

그리되면 귀찮은 일 하나를 덜 수 있으니 좋은 현상이었다.

만족의 미소를 짓던 티엘은 돌연 멈칫하더니 작게 중얼거렸다.

"손님인가."

방문하겠다는 말을 남긴 것이 얼마 전이었다. 가볍게 몸을 움직여 보인 티엘은 느릿한 걸음으로 응접실을 향해 걸음을 옮겼다.

미리 손님이 방문할 거라 했기에 앞길을 가로막는 불상사는 벌어지지 않았다.

자리에 앉아 기다리고 있으니 얼마 지나지 않아 손님의 기척이 느껴졌다.

"영주님, 말씀히 셨던 손님이 방문하셨습니다."

"모시도록."

"예."

대답 소리와 함께 문이 열리더니 한 여인이 모습을 드러냈다.

인세의 것이 아닌 듯 비현실적인 미모는 로즈와 견줘도 뒤처지지 않았다.

감정이 전혀 드러나지 않는 얼굴이 티엘의 심기를 자극했지만 속내를 겉으로 비치지 않은 채 손을 들어 맞은편 자리를 권했다.

상대 또한 거절하지 않고 조용히 걸음을 옮겨 반대편에 앉았다.

"……."

둘은 서로 눈을 마주친 채 아무런 말도 하지 않았다. 하지만 마주치는 시선 속에는 많은 의미가 섞여 의중을 전달하고 있었다.

긴 침묵 끝에 먼저 입을 연 것은 티엘이었다.

"놀랍군. 마왕이 이렇게 아름다운 여인일 줄은."

"우리도 너 같은 인간이 대륙에 있을 줄 미처 생각지 못했다."

마황 클로라이네의 대답에 티엘은 싱긋 웃으며 대답했다.

"나도 내가 비정상이라는 것 정도는 잘 알고 있지."

"단순한 비정상 수준이 아닌 것 같은데."

"그야 천천히 이야기해 보도록 하고. 날 만나자고 한 이유는 뭐지?"

오늘 이 자리는 클로라이네가 원해서 만들어진 자리였다. 즉, 용건이 있는 것은 그녀였고 자신은 조용히 이야기만 듣고 있으면 된다는 의미였다.

"음."

곧바로 본론을 꺼내 드는 티엘의 행동에 클로라이네는 손가락으로 이마를 톡톡 두드렸다.

그 모습이 인간과 다를 바 없고, 지독한 염기를 동반했지만 티엘의 표정에는 변화가 없었다.

상대도 그럴 의도가 없던 듯 생각을 정리하고 티엘을 향해 제안을 내밀었다.

"우리와 손을 잡을 생각이 없나."

"손을 잡아?"

"그렇다. 나는 너와 손을 잡고 천족을 이 세상에서 밀어내고 싶다."

"……호오."

예상외의 제안에 티엘의 입가에 미소가 걸렸다.

클로라이네는 디엘이 생각해 온 마왕과 확연히 다른 느낌을 주었다.

카를렌스와 켈그라인, 슈크라인은 그가 만나온 마왕과 크게 다르지 않았고, 사고방식 또한 기존의 마족들과 다르지 않았다.

그들은 자존심이 강했고, 자신의 힘에 자부심을 가졌다. 가장 온화한 켈그라인조차 은연중 그 자부심을 드러낼 정도였으니 말이다.

하지만 눈앞의 마황은 달랐다.

당장 힘의 깊이를 예측하는 것도 힘들었을 뿐만 아니라 사고방식 또한 유연했다. 그리고 자신이 무엇을 의도하고 있는지 꿰뚫어 보는 혜안도 대단했다.

"그 말의 의미가 무엇을 뜻하는지 아나?"

"물론."

"마황에게서 이런 제안을 들을 줄 몰랐군."

"그래서 기분이 나쁜가?"

"아니, 오히려 좋아. 이렇게 예상을 벗어나는 것도 있어야 세상이 재미있는 법이지."

아까 전부터 감각을 타고 올라오는 짜릿함에 티엘은 미소 지었다.

발달한 감각은 본능적으로 클로라이네가 자신의 목숨을 위협할 수 있는 강적으로 인정한 것이다.

자신이 전력을 발휘하여 마황인 그녀를 상대하면 어떤 느낌일까? 오랜만에 깨어난 전의는 그 자체만으로도 감각을 곤두서게 만들고 잊지 못할 짜릿함을 향해 움직이라고 명령을 내렸다.

'아직은 아니지. 나중을 위한 재미로 넣어두지.'

이성적으로 감각을 억누른 티엘은 클로라이네를 향해 미소 지어 보였다.

"왜 나지? 나는 너희가 무시하는 인간일 뿐인데."

그것은 솔직한 의문이었다.

마왕들이 뭐라고 말을 했더라도 클로라이네에게 있어 큰 영향을 끼치기 힘든 것들이었다.

하지만 그녀의 입에서 나온 대답은 예상 밖이었다.

"나는 인간을 무시하지 않는다. 대부분은 무시하고 있지만 나는 다르지."

"뭐가 다르다는 거지?"

"난 인간의 무한한 가능성을 알고 있다. 개개인은 아무것도 하지 못하는 벌레와 같지만 때때로 너와 같은 돌연변이가 탄생하는 것도 잘 알고 있지."

"돌연변이라……."

"스스로도 그렇게 생각하고 있지 않나? 이미 인간의 한계를 벗어난 채 인간의 탈을 쓰고 있는 존재어."

그녀의 목소리에는 짙은 확신이 서려 있었다.

티엘은 유쾌한 웃음을 지으며 어깨를 으쓱해 보였다.

"하하하! 내가 그렇게 보였나? 하지만 유감이군. 난 인간이길 포기하고 싶기보다 지금의 삶을 제법 재미있게 즐기고 있으니."

"그런가? 그렇게 생각하고 있다니 그 부분은 확실히 의외로군."

"다른 생각이라도 하고 있었나 보군."

"그 정도 수준이 되면 어느 정도 인간이란 인식에서 멀어지게 마련이지."

확신이 담긴 눈동자에 티엘은 묘하게 마음이 불편해지는 걸 느꼈다. 하지만 그것을 꼬집어봤자 아무것도 좋아질 것이 없기에 화제를 원래대로 돌려놓았다.

"뭐, 일단 내 대답은 그쪽의 생각을 들어본 뒤에 하도록 하지. 마황, 당신이 중간계에 강림하여 하려는 일이 구체적으로 뭐지?"

"간단하다. 천족 녀석들을 몰아내고 다가올 천마대전에서 우위를 점하는 것뿐."

"그것밖에 없다고?"

"그럼 우리가 중간계에서 뭘 더 빼먹을 게 있다고 다른 짓을 벌이지?"

"다른 마왕들은 잘도 인간들을 속여먹던데 그쪽은 많이 다른 것 같아서."

"거기에 진심으로 임하는 녀석들은 대부분 한 수도 버텨내지 못할 찌끄러기뿐이다. 너희가 기분 나쁠지 모르지만 이곳은 우리에게 있어 천마대전의 전초전에 지나지 않지."

중간계는 안중에도 없는 듯 말하지만 그것은 마황인 그녀에게 한정지어야 한다는 사실을 잘 알고 있다.

마황에게 한 줌 안 되는 힘이지만 다른 마왕에게 있어 서열을 뒤바꿀 수 없는 양이었으니 말이다.

자연스럽게 녹아 있는 그 표현 속에서 그녀가 지닌 힘이 얼마나 큰지 자연스럽게 유추할 수 있었다. 그리고 티엘도 소문이 자자하던 마황의 힘을 알고 있었기에 순순히 수긍했다.

"그 정도는 예전부터 알고 있었다."

"그러니 이야기가 편하군. 나는 천족 녀석들을 모두 처리할 때까지 너와 드래곤들의 개입을 최소화하고 싶다."

"그럼 우리가 얻는 건?"

"최소한의 피해겠지. 어차피 우리와 천족이 충돌하는 걸 바라고 있었을 텐데."

그녀는 처음부터 티엘의 속내를 간파하고 있었다. 그리고 확언을 받기 위해 찾아와서 그에게 대답을 종용하고 있었던 것이다.

한 방 먹었다는 생각에 티엘이 어깨를 으쓱했다.

"속여먹기 쉽지 않군. 대부분 마왕은 자기가 최고라고 생각해서 적당히 이용할 수 있었는데."

"그래서 대답은?"

말장난에 놀아날 생각이 없는 클로라이네는 대답을 요구했다.

"나 혼자는 상관이 없지만 드래곤은 모르겠다. 이야기를 해봐야 할 것 같아 시간이 필요할 것 같은데?"

"그 정도는 기다려 줄 수 있다. 시간은 너희의 편이 아니니."

"꽤나 냉정하게 바라보고 있군."

"당연하다. 그럼 내가 할 말은 모두 끝났군."

할 말을 마친 클로라이네는 자리에서 일어났다. 그런 그녀를 물끄러미 지켜보던 티엘은 툭 한마디 내뱉었다.

"우리가 너희의 제안을 모두 들어주면 뭘 해줄 수 있지?"

몸을 돌리려던 클로라이네가 멈칫했다. 그리고 아무런 감정이 담기지 않은 눈으로 티엘을 바라보았다.

"......"

둘은 한동안 시선을 마주하고도 아무런 말도 하지 않았다.

긴 침묵이 이어진 끝에 그녀가 대답했다.

"너희의 목숨을 연명하게 해주는 것만으로도 큰 은혜가 아닌가?"

" 말을 게있게 하는군."

입꼬리를 말아 올린 티엘이 빈정거리자 둘 사이에 날카로운 기류가 형성되었다.

제3장
충돌

마황이라는 존재는 처음 겨뤄보는 상대였기에 티엘의 눈에는 드물게 긴장감이 서려 있었다.

　"이곳은 자리가 아닌 것 같은데, 옮기는 게 어떤가?"

　"얼마든지."

　"공간 이동을 시전할 테니 순순히 응하도록."

　티엘이 수락의 의미를 담아 고개를 끄덕이자 클로라이네가 공간 이동 마법을 시전했다.

　그들이 공간 이동을 한 곳은 도시에서 멀리 떨어지지 않은 평야였다.

시력이 좋다면 한눈에 도시를 알아볼 만큼 가까운 거리였기에 티엘이 빈징거렸다.

"대결 후 돌아가기 쉽도록 배려한 건가? 좋군."

"돌아가게 할 생각이 아니라 시체를 쉽게 운반할 수 있도록 조치를 취한 것뿐이다. 육신이 썩은 상태를 부하들에게 보여줄 수는 없겠지."

"말을 참 재미있게 하는군. 그리고 신경을 제대로 긁기도 하고."

"예전부터 그래왔지."

"말뿐이라면 실망일 것 같고."

콰콰콰콰콰!

그 뒤에 말이 이어지지 않았지만 둘 사이에 날카로운 기세가 피어났다.

서로에게 검을 겨누는 것처럼 예기가 얽히고설키면서 빈 틈을 파고들려고 했다.

하지만 마황이라는 위명은 허언이 아니었다. 마왕이라면 호전적인 성격답게 참지 못하고 앞으로 나섰을 테지만 클로라이네는 마치 강 건너 불구경을 하는 것처럼 침착함을 유지했다.

슈악!

한순간 드러난 틈은 둘의 손을 동시에 움직이게 만들었다.

티엘이 구사한 공간검이 대기를 가르는 순간, 클로라이네가 몸을 틀었고, 동시에 뻗어 나간 무형의 힘을 피하기 위해 검을 회수하여 받아내고 뒤로 물러났다.

방금 전 공격을 펼친 검의 정체를 알아본 클로라이네가 눈을 빛냈다.

"그로인츠."

"켈그라인에게 받은 선물이지. 제법 쓸 만하기도 하고. 마황을 베기에 적합한 마검이 아닌가?"

"마검으로 마황을 베? 재미있는 말이야."

작게 중얼거린 클로라이네의 눈에 사나운 기세가 어리기 시작했다.

그것은 결코 장난이 아니었기에 티엘의 얼굴에도 긴장감이 서렸다.

상대에 대한 감정이 아니었다. 마황이 지닌 특성을 머릿속에 떠올리고 있었다.

'불멸의 존재이기에 과감한 수를 펼칠 수도 있겠지. 내 전력으로 저들의 불멸에 흠집을 낼 수 있을까?'

영원불멸의 삶을 살아가지만 동급의 존재가 펼친 공격에 때때로 소멸하기도 한다. 그리고 강한 도전자와 조우하고 패배했을 때 겪기도 하고.

과연 자신의 검은 마황의 불멸에 타격을 가할 수 있을까?

티엘이 오래전부터 품어온 의문이었다.

상념에 빠지는 순간, 음유한 기운이 주변 대기를 점유하는 걸 느낀 티엘의 몸이 빠른 속도로 움직였다. 동시에 공간을 가르는 검이 펼쳐졌다.

꽝! 꽈광! 꽝!

눈에 보이지 않는 수십 번의 충돌이 한 호흡 만에 펼쳐졌다. 생각보다 뛰어난 공격이었기에 티엘과 클로라이네의 눈에 이채가 서렸다. 거기에 그치지 않고 빠르게, 쉼 없이 공격을 펼쳐 기선을 제압하고자 했다.

터엉! 턱! 턱!

한 층 날카로워지고 무거워진 공격은 충돌음마저 묻혀 버리며 충돌이 벌어졌다.

정신없이 이어지던 공격은 약 백여 번 가까이 이어지고 나서 충격 해소를 위해 뒤로 물러나고야 그칠 수 있었다.

"후우."

가볍게 숨을 몰아쉰 티엘은 그로인츠를 움켜쥐었다가 펴길 반복했다.

방금 전 공격에서 끝내 우위를 점하지 못한 것을 자각한 것이다. 그렇다고 상대에게 틈을 허용한 것도 아니지만 전력을 발휘하여 쉬이 우세를 점하지 못한 것은 언제인지 모른다.

"재미있어."

등골이 서늘하게 만드는 이 짜릿함.

언제 느껴봤는지 희미할 만큼 오랜 시간이 흘렀기에 눈앞의 클로라이네를 향해 자신의 모든 비기를 펼쳐 보이고 싶은 욕심이 앞섰다.

하지만 그러한 티엘의 의욕도 눈앞에서 보인 그녀의 행동에 멈출 수밖에 없었다.

"그만하겠어."

"…어째서지?"

그답지 않게 감정이 잔뜩 묻어나오는 목소리였다.

이제 막 재미있어지려는 대결의 순간에 그만하겠다는 말이 나오다니?

본격적으로 손맛을 보기 시작한 시점인만큼 티엘의 실망감도 클 수밖에 없었다.

"네 의도가 무엇인지 깨달았으니까. 이쯤이면 어느 정도 어울려 줬다고 생각해."

"으음!"

클로라이네의 말을 들은 티엘은 침음을 집어삼킬 수밖에 없었다. 자신이 갖고 있던 속내가 무엇인지 그녀는 정확하게 꿰뚫고 있던 것이다.

처음부터 자신은 마황의 역량을 알아보기 위해 검을 들었다. 마황이 지닌 힘이 어느 정도인지 가늠해 본 뒤, 앞으로 흘러갈 상황을 구상하고자 했다.

그런데 클로라이네는 알고 있었고, 적정선까지 어울려 줬던 것이다.

티엘이 본 클로라이네는 함부로 승패를 짐작할 수 없는 존재였다.

"더 이상 우리를 체스말 취급하지 말아줘. 중간계에 강림한 것도 목적이 있어서니까. 우리를 소모품으로 여기지 않는다면 중간계에도 최대한 피해를 끼치지 않겠어."

"…받아들이지."

더 겨뤄보고 싶었지만 흥이 식어버리니 그럴 마음도 사라졌다.

자신의 의도는 읽힌 반면, 상대는 끝까지 속내를 드러내지 않았으니 판정패를 당한 셈이었다. 검을 갈무리하는 티엘을 보며 클로라이네는 싱긋 미소를 지어 보였다.

"좋은 판단이야. 그럼 다음에 볼 때 웃으면서 봤으면 좋겠어."

"…그러지."

눈앞의 마황은 마음대로 움직일 수 있는 존재가 아니었다.

그랬기에 인정하는 마음이 들 수밖에 없었고, 예의를 갖출 수밖에 없었다.

"널 보니 한 가지 잊고 있던 게 떠올랐어. 카엘라라는 이름이."

"카엘라?"

환하게 웃으면서 말하는 모습에 아찔함을 느낄 만큼 그녀의 미모는 강렬했다.

"한때 내 이름이었어. 지금은 멀리 떨어진 동생에게밖에 들을 수 없는 것이지만. 오랜만에 이름을 떠올리게 해줘서 고맙군, 티엘 로운."

파앗!

그 말을 끝으로 클로라이네의 몸이 빛에 휩싸이며 사라졌다.

"카엘라……."

깊은 의문만 남기고 사라진 그녀의 자취를 쫓으며 티엘이 중얼거렸다.

클레디오 백작은 드래곤의 힘을 받아들이는 데 성공했지만 한동안 운신을 할 수 없었다.

이전과 확연하게 달라진 육체는 힘의 조절이 전혀 불가능했던 것이다.

마음에 들지 않는 듯 미간을 찌푸리는 그를 보며 티엘이 피식 웃어 보였다.

"다 받아들였나 보군."

"아직은 아니다. 더 많은 힘이 남아 있지."

"뭐 그럴 수도 있겠군. 그 정도 힘이어도 충분히 마왕을 감당하고도 남겠지만."

흑룡왕 카를렌스의 힘을 인간의 육체로 받아들이는 건 불가능했다. 그 과정에서 수차례 변화가 일어났고, 인간의 형상을 하고 있지만 더 이상 인간이라 불릴 수 없는 존재로 바뀌게 되었다.

"짧지만 많은 것이 바뀌었다. 이제 나는 더 이상 인간일 수 없겠군."

"대신 힘을 얻었지? 하나를 얻으면 하나를 잃는 법이다."

"상대가 누구라도 이길 수 있을 것 같다. 그런데 왜 너에게는 그런 게 느껴지지 않는 거지?"

"……."

티엘과 클레디오 백작의 시선이 허공에 마주쳤다. 티엘을 바라보는 그의 두 눈에는 짙은 의문이 드리워 있었다. 어깨를 으쓱해 보인 티엘이 말했다.

"궁금해?"

"비밀이 아니라면 알고 싶다."

"방금 전 내가 말한 게 힌트다. 하나를 얻으면 하나를 잃는 법. 나는 네가 인간이길 포기한 것보다 더 많은 것을 잃었다고 보면 돼. 그러니 지금의 힘을 발휘할 수 있지."

가족을 버리고 가문을 버리고, 대륙의 평화마저 저버렸기에 지금의 힘을 얻을 수 있었다.

불의의 사고로 다시 과거에 돌아왔지만 잃었던 것들을 두 번 지켜볼 만큼 티엘은 착하지 않았다.

"말하지 않느니만 못하군."

"당분간 힘을 갈무리하는 데 집중하라고. 모든 힘을 운용하게 되면 마황과도 재미있는 일전을 벌일 수 있을 테니."

"그러지."

지금도 내부에서 꿈틀거리는 힘의 존재를 느낀 클레디오 백작은 순순히 고개를 끄덕였다.

"왜 안 되는 거죠?"

로즈의 반문에 카본 대공의 얼굴에 주름이 잡혔다. 딸의 자신감을 알고 있지만 지금 이야기의 방향은 그것을 쉽게 허락할 만한 수준이 아니었다.

"말하지 않았느냐. 지금 우리 상황에서 그만한 모험을 할 수가 없다."

"제 실력을 믿지 못하는 거로군요."

"그건 아니지만, 만약의 상황을 염두에 두지 않을 수 없다."

"……"

아니라고 했지만 결국 같은 의미였다. 단기간에 일을 처리하고 수련에 매진하려던 로즈는 계획이 틀어지는 것을 깨닫고 침묵에 잠겼다.

[저들이 하는 말도 옳답니다. 마계와 천계의 존재는 로즈가 쉽게 생각할 만큼 간단한 존재가 아니죠.]

'지금 내 실력이 그들에게 미치지 못한다는 거야?'

[그건 아니지만 신중할 필요는 있지요. 왜냐하면 제 검술은 인간 중 최고의 반열에 올랐지만 제가 살아 있던 시절에는 드래곤과 자웅을 겨루는 게 최고의 수준이었으니까요. 그 이상은 저도 본 적이 없기에 신중을 기하는 게 좋아요.]

'그래도 긴 시간을 소비할 수 없어.'

[그건 동감이랍니다. 그럼 이런 방법은 어떨까요?]

율리아는 자신의 생각을 털어놓았고, 듣고 있는 로즈는 작게 고개를 끄덕였다.

"제 실력을 신뢰하기 힘들다는 말을 어렵게 말씀하실 필요는 없어요."

"아니, 로, 로즈야. 그 말이 아니란다."

"아니요. 아버지도 황제 폐하도 책사들도 그렇게 생각하고 있다는 걸 알고 있어요."

"…허허!"

단호한 로즈의 말에 카본 대공은 웃음을 흘릴 수밖에 없었다.

그녀가 조금 더 조심하길 바라는 마음이지 정말 신뢰를 못 하는 것은 아니었다.

이렇게 극단적으로 생각하니 카본 대공으로서는 무슨 말을 해도 그녀의 귀에 들리기 않을 것을 직감했다.

"그럼 방법을 바꾸도록 하겠어요."

"다른 복안이라도 있느냐?"

"얼마 전 로운 후작님은 천왕과 일전을 벌였어요. 그리고 승리를 거뒀죠."

"알고 있다."

워낙 유명한 사건이기에 카본 대공도 그것을 모르지 않았다. 고개를 끄덕이는 그를 보며 로즈는 율리아의 생각을 그대로 읊었다.

"제 실력을 믿지 못하겠다면 로운 후작을 데려오도록 하겠어요. 직접 가서 이야기를 하죠."

"그건 안 될 말이다!"

"저를 믿지 못하니 로운 후작님을 데려와서 증명하겠다는 건데 뭐가 문제죠?"

태연한 로즈의 표정에 카본 대공은 황당한 표정을 지으며 말을 이어나갔다.

"그런 행동을 벌이면 폐하께서 가만히 계실 거라 생각하느냐!"

"공과 사를 구분하는 것도 폐하에게 필요한 덕목이라고 생각해요."

"네 말이 틀리지는 않다. 하지만 지금 상황에서 그것은 최악의 수다. 로운 후작을 보면 폐하가 어떻게 될지 알 수가 없어."

간신히 이성을 되찾은 히드로 2세에게 두 가지 약점이 있었으니 하나가 로즈였고, 다른 하나가 로운 후작이었다.

그에 대한 열등감이 뿌리 깊게 존재하는 상태에서 대놓고 도움을 요청한다면 히드로 2세의 이성이 붕괴될 수 있는 노릇이었다.

"그럼 안 된다는 거로군요. 이것도 안 되고, 저것도 안 된다라."

"미안하구나. 하지만 이해해야 할 부분도 있는 거란다."

"그럼 이건 어떤가요. 로운 후작님을 찾아가서 동맹을 맺어오도록 하겠어요."

"동맹이라고?"

"천족을 상대하는 동맹 정도면 적당하다고 보는데."

"으음!"

특별히 히드로 2세를 자극할 요소가 없는 로즈의 제안에 카본 대공은 생각에 잠겼다.

로운 후작과 손을 잡는다는 것 자체가 히드로 2세에게 타격을 줄 수 있지만 황도를 되찾기 위해서는 그의 암묵적인 힘이 필요했다.

"그게 네게 무슨 도움이 된다는 것이냐?"

"저는 그에게 제가 천족과 자웅을 겨룰 수 있다는 확신을 얻어오겠어요."

"…네가 직접 가겠다고?"

"말을 꺼낸 제가 가지 않는다면 무슨 의미가 있는 거죠?"

로즈는 처음부터 이 부분을 노리고 있었음이 분명했다. 그제야 그녀의 속내가 무엇인지 알아차린 카본 대공이었지만 천방지축인 자신의 딸은 감당할 수 없을 만큼 커져 있었다.

"끙! 폐하께 보고하마."

"고마워요, 아버지."

"그래."

옅게 미소 짓는 모습을 보면 차마 뭐라고 할 수 없는 카본 대공이었다.

"네?"

제스피아리스는 갑작스러운 베레아스의 말에 눈을 동그랗게 떴다. 하지만 그녀의 의문을 풀어줄 생각이 없는 그는 단호하게 말했다.

"당분간 그의 곁을 떠나는 게 좋을 것 같다는 말이다."

"그게 무슨 말씀이시죠?"

"간단히다. 그 녀석의 곁에 가는 것이 위험해졌기 때문이다."

"…자세한 설명을 부탁드려요."

그동안 상당한 공을 들인 상황에서 단편적인 정보만 듣고 물러설 제스피아리스가 아니었다.

예상했던 것처럼 강하게 나오는 그녀를 보며 베레아스는 한숨을 푹 내쉬었다.

이 외골수인 그린 드래곤을 설득하는 과정이 쉽지 않을 거란 건 이미 예전부터 알고 있었다.

"간단하게 말하자면 상당수 드래곤이 그 인간에게 좋지 않은 감정을 품은 듯하구나. 그리고 조만간 실력 행사에 들어갈 듯하고."

"실력 행사라뇨? 지금 그를 제거라도 하겠다는 의미인가요?"

"아마 그러겠지."

"베레아스 님!"

확답을 주지 않는 그를 보며 제스피아리스가 목소리를 높였다.

무례한 행동이었지만 그는 그녀의 행동을 탓하지 않았다. 그저 고개를 절레절레 저으면서 지금 상황이 쉽지 않다는 것을 언급할 뿐이었다.

"나도 이렇게 흐르는 걸 원치 않았다. 하지만 상황이 내 힘을 따라주지 않는구나."

"절대 용납할 수 없어요. 그 인간은 중간계의 평화를 위해 힘을 쓰고 있어요. 그런 인간에게 힘을 실어주지 못할망정 제 거라니요. 제가 당장 로드에게 찾아가서 그러지 못하게 만들 겠어요."

"이미 늦었다. 이 모든 일은 로드의 묵인하에 벌어지는 일이니."

"말도 안 돼요!"

빽하니 소리를 지른 제스피아리스는 더 이상 베레아스의 말을 듣지 않고 몸을 일으키려고 했다.

하지만 그다음 벌어진 일에 그녀의 두 눈이 크게 뜨였다.

"······!"

"미안하구나. 내가 이런 말을 하면 네가 이런 반응을 보일 거라 예상하고 있었다."

"이, 이게 무슨 짓이죠?"

제스피아리스의 몸은 보이지 않는 기운에 꽁꽁 묶여 있었 다. 바로 드래곤 하트의 힘을 순환시키려 했지만 그마저도 동 결되어 있었다.

"당분간 쉬어줘야겠다. 무례하게 대하지는 않으마."

그것이 제스피아리스가 들은 마지막 말이었다. 의식이 툭 끊기면시 그녀의 몸은 그대로 실 끊어진 인형처럼 늘어지고 말았다.

모든 일은 순탄하게 흘러갔다.

가장 난적이라 여겼던 마황이 예상을 벗어나기는 했지만 이야기가 통하는 인물이었고, 클레디오 백작도 더 이상 고집을 부리지 않고 흑룡왕의 힘을 받아들여 한계를 깨뜨리는 데 성공했다.

해볼 만한 상황이 만들어지면서 기대감이 고조되는 가운데 변수로 작용한 것이 하나 있었다.

바로 제스피아리스의 실종이었다.

여기저기 부지런히 헤집고 다니던 그녀의 실종은 곧장 티엘의 귀에 전해졌다.

"기류가 심상치 않군."

그 중얼거림에는 많은 것을 내포하고 있었다.

제스피아리스의 성격상 며칠 자리를 비울 거라면 자신에게 아무런 말도 하지 않을 리 없었다.

그런 그녀가 실종이 되었다?

이는 무슨 변고가 일어났음이 분명했다.

주어진 정보가 적었기에 어떤 일이 일어났는지 파악할 수 없었다. 하지만 몇 가지 방향을 유추해 보는 것은 쉬웠다.

그리고 며칠의 시간이 더 흘렀을 무렵, 티엘은 한 가지 확신을 얻을 수 있었다.

자신의 감각을 긴 길이는 기운들.

처음에는 염탐을 하는 거라 생각하고 대수롭지 않게 여겼지만 점점 노골적으로 드러내는 걸 보면서 부족한 퍼즐을 채울 수 있었다.

마침내 그들이 자신의 영지로 접근할 때, 두 눈을 빛내며 미소를 지었다.

"역시."

파앗!

동시에 자리를 박차고 나간 티엘의 몸이 한 줄기 빛이 되어 사라졌다.

로운 후작령 상공에는 세 인영이 모습을 드러냈다.

각기 붉은 머리를 한 남자 드워프와 금발의 남자 엘프, 청발의 여자 수인족이었다.

붉은 머리 드워프가 인상을 와락 일그러뜨리며 중얼거렸다.

"우리가 인간들의 도시 하나를 소멸시키자고 이런 일을 벌여야 하다니. 정말 재수도 없군."

"하지만 별수 없지 않은가? 회의에서 본 그 인간은 보통 녀석이 아니있다."

"그래 봤자 인간에 지나지 않지."

금발 엘프의 말을 청발의 수인족이 받아쳤다. 공통적인 것은 그들 모두 드래곤 총회의에 참여한 티엘을 마음에 들어 하지 않는다는 점이었다.

둘 사이에 날카로운 기운이 감돌자 적발 드워프가 끼어들었다.

"로드가 시행하라고 했으니 받아들일 수밖에. 마음에 들지 않는 건 사실이니까. 모두 시작한다."

"좋다."

"빨리 처리하지."

그의 대답에 고개를 끄덕여 수긍한 뒤, 폴리모프를 해제했다.

강렬한 빛이 전신을 휘감는가 싶더니 이내 거대한 동체가 세상을 향해 모습을 드러냈다.

크오오오!

가볍게 울음을 터뜨린 것만으로 주변 대기가 울려 퍼질 만큼 강렬했다.

그들이 부여받은 임무는 간단했다.

티엘 로운이란 인간 녀석이 살고 있는 곳으로 쳐들어가서 그의 모든 터전을 부숴 버리는 것이다.

제아무리 강한 힘을 지닌 인간이라고 해도 연이은 드래곤 브레스는 견뎌내지 못할 거란 게 그들의 생각이었다.

백 미디가 훌떡 넘어기는 동체가 모습은 드러내자 두시의 사람들이 웅성거리며 모여들었다.

그리고 가장 먼저 브레스를 토해낸 것은 레드 드래곤 브라키시오였다.

쏴아아아!

화염의 기운을 담은 브레스가 주변의 공기를 태워 버리며 쏟아졌다.

뒤이어 골드 드래곤 알카디오와 블루 드래곤 케피어스의 바람의 브레스, 뇌전의 브레스가 쏟아졌다.

세 줄기 브레스는 종말에서 나올 법한 거대한 힘을 품고 있었다.

우우웅! 파아앗!

거침없이 도시를 휩쓸어가는 브레스가 도시 전역을 뒤덮으려는 순간, 한 줄기 인영이 모습을 드러내는가 싶더니, 브레스가 퍼져 나가는 지점을 정확하게 막아서면서 반투명한 막을 만들어났다.

빠른 소용돌이를 일으킨 방어막은 세 개의 브레스를 빨아들이며 이내 다른 곳으로 분출하기 시작했다.

그것은 세 브레스가 사라질 때까지 지속되었다.

콰앙! 콰과과광!

사방으로 흩어진 브레스의 힘은 지면을 뒤집어 놓았지만 목표했던 도시가 아닌 외곽이었다.

찰나의 순간 세 브레스를 무력화시킨 것은 바로 티엘이었다. 마나를 형상화하여 발을 딛고 허공에 몸을 지탱한 그의 입꼬리가 말려 올라갔다.

"이럴 수도 있을 거라 생각했는데 생각하기 무섭게 등장하는군."

[네놈이……]

세 드래곤의 수장을 맡은 브라키시오의 붉은 안광이 번뜩였다. 그럼에도 그들을 바라보는 티엘의 표정은 태연하기만 했다.

"이렇게 공격을 할 거면 먼저 공지라도 해야지. 안 그러면 내가 이렇게 달려와야 하잖나. 그 정도 예의도 없는 녀석들이라고 생각하지는 않았는데."

말을 마치는 순간, 티엘을 중심으로 무시무시한 기세가 퍼져 나갔다.

[으읏!]

그것을 정면으로 접한 드래곤들은 상황이 심상치 않게 흘러가는 것을 느꼈다.

본래 계획은 그가 등장하기 전에 도시 자체를 소멸시키는 것이다.

브레스에 휩쓸린다면 뒤늦게 눈치를 채더라도 할 수 있는 것은 없다고 여겼다.

하지만 상대는 더 빨리 눈치챘고, 모습을 드러냈다. 변수가 생겼지만 브라키시오는 자신들이 패할 거라 생각하지 않았다.

드래곤 셋에 인간 하나였다.

수십만 인간이 와도 자신들이 감당할 수 있다고 생각한 만큼 두려움은 전혀 없었다.

[어떻게 하지? 브라키시오.]

[제거한다.]

케피어스의 물음에 브라키시오는 단호하게 대답했다.

[그걸 기다렸다.]

알카디오는 브라키시오의 대답을 반기며 거대한 동체를 움직이며 티엘을 향해 공격을 퍼부었다.

강렬한 바람이 용언으로 발현되어 그의 전신을 갈가리 찢어버릴 듯 날아들었다.

파방! 파바방! 파바바방!

매서운 기세에 티엘이 크게 검을 휘둘렀다. 그의 검풍은 일종의 영역을 만들어내면서 알카디오의 바람을 모조리 상쇄시켰다.

하지만 그 공격만으로 끝이 아니있다. 바람의 공격을 막아내기 무섭게 케피어스의 뇌전 공격이 벼락처럼 뿜어져서 날아들었다. 직선적이고 강력한 위력의 뇌전은 단숨에 티엘의 면전에 도달했다.

꽝!

그로인츠로 막아낸 티엘의 몸이 뒤로 밀려났지만 뒤이어 터져 나온 브라키시오의 일갈을 직면해야만 했다.

[죽어라, 인간!]

정신계 최고의 마법, 파워 워드 킬이 펼쳐진 것이다.

드래곤의 의지를 담아 상대에게 자살의 의지를 심어주는 이것은 드래곤보다 하위 개체라면 버텨내지 못하고 스스로 삶의 의지를 놓아버리게 만든다.

자신들에게 대항하는 모든 존재에게 스스로 검을 들어 목을 베게 만드는, 드래곤들이 지닌 오만함의 근본이었다.

하지만 상황은 브라키시오의 뜻대로 돌아가지 않았다.

파워 워드 킬의 마법은 티엘의 머릿속을 파고들었지만 그는 아무런 반응을 보이지 않았던 것이다.

[이걸 견뎌냈다고?]

"드래곤의 정신계 마법은 위협적이지만 원리만 파악하면 파훼하기는 너무나 쉽지."

대수롭지 않게 막아낸 것처럼 보였지만 정신을 파고드는 용언 마법은 티엘에게 위험했다.

 비단 드래곤뿐만 아니라 마족과 천족이 구사하는 정신계 마법도 마찬가지였다.

 전생의 그가 마왕, 천왕을 상대할 때 가장 고전했던 것도 정신계 마법이었다.

 하지만 파훼법을 찾아내는 것도 어렵지 않았다.

 상위 존재인 그들이 구사하는 마법은 정신 속으로 파고들어 엉망으로 헝클어뜨린다.

 이것을 막아내거나 저항하려고 하면 그들의 정신력을 따라갈 수 없으니 휘말리고 만다.

 그런데 이것을 외부로 흘려낼 수 있다면?

 정신에 어떠한 타격도 없이 마법을 파훼할 수 있는 것이다.

 공간검을 다루는 티엘은 그들의 마법이 정신을 파고드는 순간, 의지로 공간검을 일으켜 공간을 왜곡시켜 흘려낸다. 신체 내부에서 펼쳐진 공간검은 시전자도 눈치채지 못하는 공간 저 너머로 사라지는 셈이다.

 그 원리를 모르는 드래곤들로서는 티엘이 정신계 용언조차 버텨내는 것으로 보인 것이다.

 "이제 내 차례로군."

 입꼬리를 말아 올린 티엘이 그로인츠를 든 채 드래곤들을 향해 달려들었다.

슈악!

공간을 가른 그의 검은 순식간에 거대한 동체를 휩쓸어나 갔다.

세월이 흐를수록 거대해지고 단단해지는 드래곤 본은 육 탄전도 불사할 수 있는 것이지만 티엘에게 있어서는 공격할 면적이 늘어나는 것에 지나지 않았다.

브라키시오가 거대한 동체답지 않게 날렵한 움직임으로 피해내려고 했지만 티엘의 검은 날개를 훑고 지나간 뒤였다.

[크오오오오!]

날개에 구멍을 뚫리면서 날카로운 비명 소리가 울려 퍼졌 고, 그 틈을 타 알카디오와 케피어스가 반격을 가해왔다.

[멈춰라!]

파직! 파지직! 쏴악! 쏴아악!

정신계 용언 마법이 먹혀들지 않는 것을 확인하고 각기 가 장 강력한 위력을 발휘할 수 있는 뇌전과 바람의 마법을 구사 했다.

터덩! 텅! 텅!

하지만 그것은 마검 그로인츠의 강도를 이겨낼 수준은 아 니었다.

티엘이 가볍게 손을 젓자 두 힘은 모조리 튕겨나갔다. 그리고 잠깐의 틈을 타 빠져나가려는 브라키시오를 집요하게 뒤쫓았다.

세 드래곤의 수장을 맡은 그를 공략하면 다른 두 드래곤의 유기적인 협력이 이어지지 않는다는 점을 노린 것이다.

파앗!

하지만 브라키시오도 위기에 처하면서 필사의 탈출을 감행한 뒤였다. 빛의 폭발과 함께 자취를 감춘 그는 수백 미터 떨어진 곳에 모습을 드러냈다.

"멍청하긴."

그것을 본 티엘이 피식 웃으며 그로인츠를 허공에 휘둘렀다.

그러자 브라시키오의 비명이 터져 나왔다.

[캬아아악!]

주변을 뒤흔드는 비명 소리가 아닐 수 없었다. 그만큼 방금 전 브라키시오가 받은 타격이 크다는 걸 의미했다. 공간을 격하고 움직인 티엘의 검은 단숨에 목 부근을 훑고 지나갔다.

드래곤의 목은 힘의 원천인 드래곤 하트가 존재하는 곳이었다.

단단한 드래곤 본을 뚫지 못했지만 정확하게 드래곤 하트 부분을 가격당한 브라시키오는 더 이상 정신을 유지할 수 없었다.

쿠우웅!

[……]

마법으로 허공에 떠 있던 거대한 동체가 지면과 충돌했다. 축 늘어진 브라키시오를 보며 알카디오와 케피어스가 침묵했다.

자신들과 비교해도 뒤떨어지지 않는 브라키시오가 일방적으로 당했다. 이는 조금 있다 닥쳐올 자신들의 미래이기도 했다.

"죽이지는 않아주지. 대신 많이 아플 거다."

티엘의 서늘한 눈이 두 드래곤을 훑었다.

결과적으로 그는 두 드래곤을 죽이지 않았다. 하지만 죽음만큼 괴로운 고통을 선사했다. 감정을 배제한 검이 허공을 가를 때마다 비명을 질렀고, 그것은 정신을 놓을 때까지 이어졌다.

만약 정신을 놓지 않았다면 무감정한 구타는 끝없이 이어졌을 것이라.

세 드래곤에게 폴리모프를 하도록 한 뒤, 클레디오 백작에게 감시를 명한 티엘은 곧장 다른 곳으로 움직였다.

레드 드래곤, 골드 드래곤, 블루 드래곤이 자신을 노리고 날아들었다.

그렇다는 건 명령을 내린 주체가 각 드래곤의 로드가 아닌 모든 드래곤을 다스리는 드래곤 로드 카스피스라는 뜻이었다.

그의 레어 위치를 알고 있는 티엘은 단숨에 영역 안으로 접근한 뒤, 레어로 쳐들어갔다.

[멈.춰.라.]

슈악! 쫘과과광!

뇌전으로 이루어진 썬더 골렘이 앞을 막고 나섰지만 티엘이 휘두른 검에 반으로 갈라졌다. 다시 복구가 되겠지만 핵에 타격을 입은 만큼 상당한 시간이 걸릴 것이라.

"장난질할 생각이 없다."

카스피스의 레어를 지키는 가디언은 골렘뿐만이 아니었다.

각종 몬스터부터 시작하여 엘프 궁수와 소환수 등이 모습을 드러냈다.

하지만 그들 모두 티엘의 일검을 견뎌내지 못했다.

추풍낙엽처럼 쓸어버린 뒤, 공동으로 들어선 그는 자리에 앉아 있는 카스피스를 발견할 수 있었다.

"도망가지 않았네?"

"이곳이 나의 영토인데 왜 도망을 가나."

"그 말은 내게 저지른 일을 책임질 준비가 되어 있다는 걸로 봐도 되겠군."

"책임이라, 아무래도 내가 많이 얄보이고 있었나 보군."

평소 그답지 않게 날카로운 기세를 발산하고 있었다.

다른 드래곤의 추대로 오르는 드래곤 로드였지만 드래곤의 추대에는 강함 또한 포함되어 있었다.

자연으로 돌아갈 날을 기다리는 드래곤을 제외하면 카스피스는 최강의 드래곤이었다.

물론 그 사실은 티엘에게 통용되지 않았다.

"얄보다니, 그건 전혀 잘못된 말이야."

"그럼 버릇을 고쳐주지."

"그런 말은 그다지 좋아하지 않고."

드래곤 로드와 말장난을 할 생각은 없었고, 자신이 얄보이는 것도 원치 않는 티엘이었다. 그는 처음부터 전력으로 공간검을 발휘했다.

파직! 파지직!

몸을 비튼 카스피스의 주변으로 뇌전의 물결이 일어났다가 사라졌다.

"호오……."

그것을 본 티엘의 입에서 감탄사가 흘러나왔다. 방금 전 한수로 공간검을 완벽하게 무력화시킨 것이다.

"언제까지 그 수법이 먹힐 거라 생각했다면 오산이지."

"제법인데? 그래 봤자 거기까지겠지만."

"버릇을 고쳐주겠다."

파직! 파지직!

카스피스는 티엘을 공략하기 위해 세법 많은 공부를 했다.

드래곤 로드인 그가 인간을 연구한다는 것 자체가 자존심 상하는 일이었지만 상대는 드래곤조차 제압할 수 있는 인간 이었다.

방심하다가는 다른 드래곤처럼 망신을 당할 수 있다는 생각이 그를 움직이게 만들었다.

그리고 내린 결론이 공간을 자유자재로 다루는 검을 막기 위해서는 웅혼한 마나를 적극 활용하여 일대 전체를 뇌전으로 뒤덮는 것이다.

그것은 가장 강력한 공격 수단이기도 했지만 반대로 방어를 해주는 방패이기도 했다.

이는 티엘로 하여금 공간검을 구사할 수 없게 만들었다. 아니, 공간을 격하고 모습을 드러내기 무섭게 뇌전에 의해 무력화된다고 봐야 함이 옳았다.

몇 차례 공격을 시전한 티엘은 속전속결이란 생각을 접어두고 한 걸음 뒤로 물러날 수밖에 없었다.

"과연, 연구를 했어."

"드래곤을 얕보지 마라, 인간!"

콰콰콰콰!

주변에 퍼진 뇌전은 새로운 뇌전에게 밀려나면서 한 줄기 창의 형태로 티엘에게 쏘아졌다. 공격과 방어가 동시에 이루어지는 공방일체의 공격이었다.

콰광! 쾅! 쾅!

그로인츠로 모조리 튕겨낸 티엘은 수세적으로 임하는 카스피스를 보며 피식 웃었다.

만 년 가까이 쌓아온 마나를 바탕으로 자신의 진을 완전히 빼놓으려는 의도가 보인 것이다.

"하여간에 인간들이나 드래곤들이나 모두 보이는 것만으로 판단하려는 것인지."

그걸 감안하면 자신의 속내를 꿰뚫어 보고 역이용까지 한 마황이 대단했다. 그래서 마황의 자리에 오를 수 있었겠지만 감탄이 나오는 건 어쩔 수 없었다.

"시작해 볼까."

카스피스의 수법은 공간검을 완전히 무력화시켰지만 반대로 자신의 공격 수단을 하나밖에 없다고 알린 격이기도 했다.

그로인츠가 허공에 떠오르는 순간, 강력한 힘을 담고 단숨에 카스피스를 향해 쏘아졌다.

파직! 팍! 팍! 핏! 피비빗!

주변에서 달려드는 뇌전은 어렵지 않게 모조리 튕겨내며

카스피스를 향해 쏘아졌다.

순수한 자연의 힘인 뇌전을 모조리 부정하고 튕겨내는 그로인츠의 정체를 꿰뚫어 본 카스피스의 얼굴에 분노가 드리웠다.

"네놈! 마검을 들고 있다니, 마족의 주구였더냐!"

파지직!

지금까지와 비교할 수 없는 거대한 뇌전이 앞을 막아서는 순간, 그로인츠는 더 이상 날아들지 못했다.

그것이 티엘이 노린 바이기도 했다.

"역시 마검을 보면 정신을 못 차리는군."

꽝!

순간 눈앞에 깜깜해지는 아릿한 충격을 느끼며 카스피스의 몸이 흔들렸다.

"크으으으!"

마검 그로인츠에 정신이 팔린 사이, 품속에서 단도를 꺼내든 티엘이 또 다른 오러 파이어를 구사한 것이다.

그뿐만이 아니었다.

검을 쥐지 않은 손에는 의지로 만들어낸 마나 소드가 공간 검을 만들어냈다.

콰앙! 쾅! 쾅! 콰과과광!

두 자루의 검이 허공을 자유롭게 누비면서 정신을 어지럽게 만드는 사이, 틈이 날 때마다 공간검이 카스피스의 빈틈을 노렸다.

그가 정면으로 받아내지 않고 피할수록 뇌전을 파훼하면서 공간검이 제 위력을 발휘할 수 있는 공간을 넓혀나간 것이다.

순간 상황이 이상하게 돌아가고 있다는 것을 눈치챈 카스피스였다.

'폴리모프 해제를……'

본체로 돌아간다면 강력한 육체를 바탕으로 상황을 뒤집을 수 있겠지만 한번 기선을 잡은 티엘은 그럴 틈을 절대 허용하지 않았다.

공간검을 피하기 위해 몸을 뒤트는 순간, 어느새 공간을 접고 파고든 티엘의 손이 카스피스의 목을 틀어쥐었다.

"잡았다."

"으으!"

신음을 흘린 카스피스가 공간 이동을 시전하려고 했지만 공간검의 간섭이 그 시도를 무산시켰다.

"궁지에 몰린 드래곤들은 하나같이 공간 이동을 시전하려고 하는지 모르겠군. 좀 더 참신한 방법을 연구할 필요가 있어."

"……."

상대가 드래곤의 습성마저 꿰뚫고 있는 것을 본 카스피스는 입을 다물었다.

그가 압박하고 있는 드래곤 하트 부분에 타격이 가해지면 제아무리 드래곤 로드라고 해도 목숨을 잃을 수밖에 없었다.

한낱 인간에게 이런 처지에 몰린 것이 믿기지 않았지만 차가운 이성은 모든 상황을 받아들이고 있었다.

"날 귀찮게 군 죄는 크다. 그것도 나만 노린 게 아니라 내 가문, 내 땅을 노리다니. 그 죗값을 어떻게 치러야 할지 알고 있겠지?"

"네놈의 오만은 언젠가 큰 화를 불러올 것이다."

"끝까지 반성을 모르는 드래곤이로군."

드래곤 로드라면 충분히 쓸모가 있을 거라 생각했지만 이 정도로 꽉 막혀 있을 줄 몰랐다. 인상을 구긴 티엘은 확실한 본보기가 필요하다는 생각에 힘을 주려던 순간이었다.

"멈춰라!"

"…이곳에 올 손님이 아닌데?"

그의 눈에 보인 것은 붉은 머리의 남자, 레드 드래곤 로드인 베르니스였다.

그리고 하나둘씩 인영이 형체를 갖추며 속속 모습을 드러냈다.

그들을 바라보는 티엘의 입꼬리가 말려 올라갔다.

제4장
삼각동맹

"……."

티엘을 둘러싼 드래곤들 사이에 무거운 정적이 감돌았다.

지금 눈으로 보고 있는 광경이 꿈인지 현실인지 분간하기 힘들 정도로 믿기 어려운 장면이 연출되고 있었다.

드래곤 중 최강이자, 가장 현명하다고 알려진 드래곤 로드 카스피스가 한낱 인간에게 목을 틀어쥐어 꼼짝도 못하고 있었다.

여기 모인 드래곤 누구도 카스피스와 대적할 수 없는 만큼 눈앞의 인간이 얼마나 강력한 힘을 지니고 있는지 쉬이 짐작할 수 없었다.

"지금 무슨 짓이냐?"

"먼저 날 제거하려고 든 녀석들이 하는 말치고 그리 유쾌하지는 않군. 어느 정도로 얼굴에 철판을 깔았는지 짐작이 안가."

"뭐라?"

"그게 아니면 이곳에 모습을 드러낼 일도 없겠지. 나한테 보낸 드래곤 녀석들에게 소식을 들었을 테니. 내 말이 틀린가?"

"……"

베르니스는 입을 다물었다. 여기에서 더 많은 말이 나오게 되면 자신이 저지른 모든 일이 다른 드래곤에게 알려질 수 있었다.

"…네놈이 원하는 게 뭐지?"

"그걸 왜 나한테 묻지? 너희가 먼저 내게 저지른 일부터 해명을 해야 하지 않나? 참 사고논리가 글러먹은 드래곤 녀석들이야. 안 그런가, 로드?"

"더 이상 나를 모욕하지 마라."

표정을 잔뜩 일그러뜨린 카스피스가 사납게 으르렁거렸다. 위협적인 모습이었지만 티엘은 어깨를 으쓱하면서 엄살을 부렸다.

"무서워서 다른 행동을 할 수도 없겠군. 너무 무섭군, 무서워."

그사이 위급 상황을 전달받은 드래곤들이 속속 레어에 모습을 드러냈다.

그들은 하나같이 카스피스가 한 인간에게 제압된 광경을 보고 경악을 금치 못했다. 그러다 이런 만행을 벌인 티엘을 향해 적의를 표출했다.

"그렇게 간절히 내 요구 조건을 원하니 말을 해줘야겠군. 일단 제스피아리스를 데려와라."

"뭐라?"

"내 옆에 그녀를 치워놓고 모른 척을 해봤자 바뀌는 건 없다, 머저리 레드 드래곤."

"…알겠다."

표정을 굳힌 베르니스는 분노를 집어삼키고 구금해 둔 제스피아리스를 데려오게끔 했다. 이에 그린 드래곤 제플리언이 날카로운 눈으로 베르니스를 바라보았지만 그에게서 답을 들을 수는 없었다.

잠시 후, 빛이 번쩍이면서 베레아스와 제스피아리스가 모습을 드러냈다.

구금된 것이라고 믿기지 않을 만큼 깔끔한 행태를 하고 있었다.

"영감도 한 손을 보탰나?"

"그것이 최선이라 여겼건만. 이런 일이 벌어질 줄은 미처 몰랐군, 허허!"

한눈에 돌아가는 상황을 간파한 베레아스가 허탈한 음성을 흘렸다.

막나가는 인간이긴 했지만 이 정도일 줄은 생각지도 못했다.

"제스피아리스를 넘기도록."

"그 전에 로드부터 놓아라!"

푸른 머리를 한 엘프가 날카로운 목소리로 외쳤지만 티엘은 어깨를 으쓱하며 너스레를 떨었다.

"여기 드래곤이 이렇게 많은데 내 패를 먼저 깔 수는 없지. 내놓지 않겠다면 우선 반쯤 불구로 만들어주고 시작할 수밖에."

"크으으! 크아아아!"

티엘의 손이 드래곤 하트가 위치한 목을 파고들자 카스피스가 비명을 질렀다.

자리에 모인 모든 드래곤이 표정을 찌푸리면서 티엘을 노려보았다. 카스피스가 없었으면 당장 달려들어서 처참하게 제거했을 것이다.

베레아스는 고개를 절레절레 저으며 제스피아리스에게 말

했다.

"가도록. 아무래도 저 인간이 단단히 화가 난 듯하구나."

"…네."

살짝 고개를 끄덕인 제스피아리스가 티엘에게 다가갔다. 그리고 완전히 그의 곁에 서자 입꼬리를 말아 올린 그가 짐짝을 다루듯 카스피스를 던져 버렸다.

"말을 잘 들으니 좋은데."

"네놈!"

카스피스가 풀려나자 다른 드래곤들이 당장에라도 달려들 것처럼 몸을 들썩였다.

"무슨 생각인 거냐?"

"그 전에 내가 묻고 싶은데, 머저리 드래곤. 천황과 마황이 중간계에 강림한 상황에서 너희를 대신해서 열심히 일해주는 날 제거하려고 들은 걸 어떻게 설명할 생각이지?"

"우리에게 인간의 도움은 필요하지 않다."

"쯧; 이래서 내가 머저리라고 부르는 것이다. 천황과 마황이 온전한 힘을 지니고 중간계에 강림했는데 대비책을 세우기는커녕 자기들 밥그릇 싸움에 급급하니."

이미 전생에서도 동일한 실수를 범한 그들이기에 티엘로서는 절로 혀를 찰 수밖에 없었다.

"닥쳐라, 인간."

"지금 그 말이 의미하는 바가 무엇인지 알고 있나요?"

조용히 이야기를 듣고 있던 그린 드래곤 로드 제플리언이 나섰다.

어깨를 으쓱해 보인 티엘이 대답했다.

"무엇인지 어렵게 설명할 이유는 없지. 마황과 천황의 힘을 제대로 파악하지도 못하고 있는 너희는 멸족의 길을 걸을 수밖에 없다."

"마치 천황과 마황의 힘을 겪어본 것처럼 말하는군."

"겪어봤다면?"

"뭐라?"

빈정거리던 베르니스가 두 눈을 번뜩 뜨자 티엘이 기이한 웃음을 지었다.

"마황은 손가락 두 개 정도면 널 감당할 수 있을 것 같더군."

"네놈! 더 이상 건방을 떨지 못하게 만들어주겠다."

꽝!

몸을 들썩이던 베르니스는 더 말을 잇지 못했다. 공간을 가르고 나타난 그로인츠가 정확하게 드래곤 하트를 가격한 것이다.

거대한 충격이 내부를 지배하면서 정신의 끈마저 끊어버렸다.

"이게 실력 차이다."

자리에 무너지는 베르니스를 보며 티엘이 차갑게 말했다.

"……."

레드 드래곤 로드가 틴 힌 수에 니기떨어지가 장내에는 침묵이 감돌았다.

"말을 통하지 않는 녀석들의 도움은 필요하지 않다. 어차피 제대로 된 전력이 될 거라 생각해 본 적도 없지만. 제스피아리스, 돌아간다."

무겁게 가라앉은 표정으로 주변 상황을 보던 제스피아리스가 고개를 끄덕였다.

우웅! 스파앗!

빛에 휩싸인 그들의 몸이 자취를 감추었다.

그때까지 누구도 지금 벌어진 상황에 대해 말을 하지 못했다.

드래곤의 습격으로 난리가 났던 로운 후작가의 분위기와 별개로 티엘과 제스피아리스 사이에는 무거운 침묵이 감돌고 있었다.

그것을 깬 것은 구함을 받은 제스피아리스였다.

"…구해줘서 고마워요."

"보아하니 별로 고초를 겪은 것 같지 않군."

"베레아스 님이 편히 쉴 수 있도록 배려해 주셨으니까요. 물론 나쁜 행동은 하지 못하도록 감시를 했지만."

"며칠 동안 모습을 드러내지 않다 보니 어느 정도 알게 되더군."

"그런가요?"

"매일 옆에서 시끄럽게 굴던 것이 사라졌으니까."

"뭐라고요? 하아!"

발끈해서 자리에 일어났던 제스피아리스는 한숨을 푹 내쉬며 자리에 앉았다.

워낙 크게 일을 벌여놓다 보니 이런 빈정거림은 아무렇지 않게 여겨졌다.

"그나저나 어떻게 하실 생각이에요?"

"뭘?"

"이렇게 분탕질을 치면 더 이상 드래곤의 도움은 받을 수 없어요."

"언제는 도움이 된 것처럼 말을 하는군."

"웃!"

유감이지만 그것이 사실이었다. 제스피아리스는 뭐라고 말을 하고 싶은 듯 입술을 달싹였지만 차마 반박은 하지 못했다.

현재 상황에 이르기까지 드래곤이 한 일이라고는 아무것

도 없었으니 말이다.

"이렇게 된 이상 결정은 어디까지나 드래곤의 몫이 되었다."

"무슨 의미죠?"

"현재 상황을 냉정하게 받아들이지 못한다면 내가 말했던 것처럼 드래곤은 멸족의 길을 걸을 수밖에 없지."

"…마황과 천황이 그렇게 강하다는 뜻이군요."

"또한 영리하더군. 날 찾아와서 이야기를 나누니 우리 생각을 정확하게 꿰뚫고 있었다."

"네?"

제스피아리스가 깜짝 놀란 표정을 지었다. 여태껏 모든 상황이 티엘의 뜻대로 돌아간 만큼 마황이 간파한 것은 결코 좋지 못했다.

"그 정도로 바보가 아니라는 의미겠지. 만만치 않은 상대인 것도 확인했고."

"그렇다면 안 좋게 흘러가는 게 아닌가요?"

"마황의 목적은 천황을 제거하는 것이라고 하더군. 그리고 그녀의 말에는 거짓이 없었다."

"그녀?"

"마황이 여자였으니 그녀겠지."

"아……."

제스피아리스의 음성에 탄성이 묻어나왔다. 그 속에 미묘한 시기가 섞여 있는 것을 확인한 티엘은 의아한 표정으로 반문했다.

"왜지?"

"아니, 아무것도 아니에요. 그나저나 드래곤도 더 이상 아집을 부리지 않았으면 좋겠어요."

"드래곤 로드도 그렇고 각 드래곤 로드도 고집이 있으니 쉽지 않을 거다."

"후우!"

어두운 표정을 지은 제스피아리스가 한숨을 푹 내쉬었다.

"면목이 없군."

클레디오 백작은 표정을 찌푸린 채 말했다. 티엘이 무력화시킨 세 드래곤의 감시를 맡겼지만 갑자기 등장한 레드 드래곤의 개입으로 인해 무산이 되었으니 말이다.

"아니, 예상하던 일이기도 했으니까."

"날 믿지 않았군."

"힘이 완전히 안정되지 않았으니까. 어느 정도 변수는 있을 거라 생각했다."

"으음!"

티엘의 말이 납득이 갔지만 돌아가는 상황이 마음에 들지 않았던 그는 미간을 찌푸렸다.

"힘을 안정화시키는 데 성공해야 다른 전투에 투입시킬 수 있다는 걸 알고 있겠지?"

"이사, 그때만을 기다리고 있다."

"그쯤 되면 더 이상 굴욕을 겪지 않을 거라 장담할 수 있겠지."

그의 확언에 클레디오 백작은 눈을 빛내며 고개를 끄덕였다. 내부에서 꿈틀거리는 거대한 힘의 존재는 누구에게도 패하지 않을 거라는 자신감을 부여했다.

클레디오 백작과 대화를 마무리한 티엘은 의외의 손님과 마주해야 했다.

얼굴에 표정이 거의 드러나지 않아 마치 인세의 것이 아닌 것처럼 느껴지는 여인.

바로 로즈였다.

"아직 일 년이 되지 않았는데?"

그녀를 보기 무섭게 티엘이 꺼내 든 말이었다. 자신의 여인이 되고 싶다고 하면서 겨룬 것이 제법 시간이 흘렀지만 아직 일 년이 되지는 않았다.

의문 섞인 그의 표정에 로즈는 조용히 고개를 저어 보였다.

"제가 찾아온 이유는 그게 아니에요."

"그렇다면?"

"후작님의 보증이 필요해서 찾아왔어요."

"내 보증?"

영문을 알 수 없는 말에 티엘이 의아한 표정을 지었다. 그에 그녀는 히드로 2세를 찾아가서 겪었던 일에 대해 설명을 해주었다.

"천왕이라……."

"제가 그곳을 찾아간 건 아버지의 부탁 때문, 원하는 건 수련할 시간이기에 최대한 빠른 시간 안에 일을 매듭짓는 거예요."

"그렇군."

로즈가 원하는 바가 무엇인지 알아차린 티엘이 고개를 끄덕였다.

그사이 그녀의 말은 이어졌다.

"그 부분에 도움을 주셨으면 해요."

"천족이라, 강적이긴 하지만 상대하지 못할 정도는 아니겠지."

[후후! 누구의 힘을 받았는데, 당연한 일이지요.]

티엘의 말에 율리아가 수긍했다. 하지만 로즈의 눈은 정확하게 그를 향해 고정되어 있었다.

"하지만 유감스럽게도 보증은 서줄 수 없다."

"왜죠?"

"분명 천왕과 겨룬다면 승리를 거둘 수도 있다. 하지만 확실하게 승리를 장담할 만큼의 실력이 되지 못한다는 거지."

"승산이 있다는 것만 말해주면 돼요."

"그리면 좋겠지만 항도에는 천왕이 하나만 있는 게 아니라서."

"…다수인가요?"

"다수라면 좋겠지만 거기에 천황까지 있는 게 가장 큰 문제다."

"천황?"

전혀 예상치 못한 존재의 언급에 로즈의 표정이 가볍게 일그러졌다.

"천왕과 박빙으로 전투를 벌일 수 있겠지만 천황이라면 이야기는 다르지. 넌 천황과 전투를 벌일 만큼 실력을 지니지 못한다."

"아……."

순간 반박하고 싶은 말이 수십 가지가 떠올랐지만 로즈는 말을 할 수 없었다.

자신의 전력을 겪어본 말인만큼 사실일 테니 말이다.

[확실히… 천황은 신에 가장 가까운 존재인만큼 로즈가 상대하기 벅찬 존재랍니다. 아직은 그에 견주기 어렵다고 볼 수 있지요.]

율리아의 설명까지 덧붙여지자 로즈의 표정이 눈에 띄게 어두워졌다.

그녀 또한 같은 생각이라면 현재 자신의 실력으로 천황을 상대하는 것은 불가능한 일이었다.

"대신 공동전선이라면 괜찮을 것 같군."

"공동전선?"

"레디븐 백작의 전횡으로 이쪽도 만만치 않은 피해를 입고 있으니 말이야."

"그 부분은 전달하도록 하겠어요. 하지만 실현 가능성은 많지 않아 보이네요."

"그래?"

"네."

난색을 표하는 로즈를 보며 티엘은 턱을 매만지며 생각에 잠겼다. 그러다가 손가락을 튕기며 말했다.

"안 되면 되게 만드는 수밖에 없겠지."

"그 말은……?"

"우리 책사들이 해결할 문제지."

또 하나의 일거리를 만들어낸 티엘은 미소 지었다.

'이거, 살이 떨리는데?'

토릭슨은 눈앞에 있는 로즈를 보며 거세게 두근거리는 심장박동을 느꼈다.

몇 번 본 적 있는 얼굴이지만 직접 마주한 지금 느끼는 것은 사뭇 달랐다.

얼굴에는 큰 변화가 없지만 그녀의 주위를 감싼 기운 자체가 달랐다.

정면으로 마주하는 것만으로 남자의 마음을 휘어잡는 염기는 당장 이성을 앗아가고 본능을 위로 치켜들게 만드는 힘이 있었다.

"그래서 생각한 부분이 뭐야?"

"크흠! 제가 생각한 방안은 특별할 것이 없습니다. 폐하께서 주군에게 좋지 않은 마음을 갖고 있는 한 관계를 개선하는 일은 쉽지 않기 때문입니다. 안 그렇습니까?"

"맞아."

"하지만 현재 폐하의 상황을 보면 본가와 손을 잡는 것이 가장 이상적인 전개입니다. 그 부분은 공녀님도 동의하실 거라 생각합니다."

로즈가 고개를 끄덕이는 모습을 본 토릭슨은 신이 나서 말을 이어나갔다.

"사실 아 다르고 어 다른 것처럼 간단한 방법을 구사하는 것이 좋습니다. 황도에 천황이 존재하는 한, 공녀께서 자유롭게 움직이는 일은 쉽지 않겠지요."

"핵심 내용을 말해줘."

"제가 말하고 싶은 것은 주군과 손을 잡는 것을 다른 존재의 개입으로 이목을 흐리자는 것입니다."

"이목을 흐린다?"

"폐하께서 주군에게 좋지 않은 감정을 가지고 있습니다. 그렇다고 하더라도 현재 상황을 타개하기 위해 가장 유용한 방법임을 모르지 않을 것입니다. 그러니 폐하께 받아들일 수 있는 명분을 주면 됩니다. 바로 천황과 대적할 수 있는 존재지요."

"드래곤?"

순간 머릿속을 스치고 지나가는 존재에 로즈가 중얼거렸지만 토릭슨은 고개를 저었다.

"아닙니다."

"그럼?"

"마황입니다."

"…마황이라고?"

전혀 예상치 못한 존재의 언급에 로즈는 잠시 침묵을 하다가 대답했다.

그제야 보이는 인간적인 모습에 토릭슨은 미소를 지은 채 고개를 끄덕였다.

"예, 마황입니다. 현재 중간계에는 천황뿐만 아니라 마황

도 강림해 있는 상황입니다. 황도에 있는 천황을 대적하기 위해서 적합한 존재가 아닙니까?'

"알고는 있어. 알고는 있는데……."

신황을 제거하기 위해 마황을 끌어들인다는 발상은 굉장히 위험했다.

"마황이 전면에 드러나는 일은 없을 것입니다. 그저 이름값만 빌리는 것이죠."

이어지는 토릭슨의 설명에 로즈는 조용히 고개를 끄덕였다.

"세상이 많이 달라진 것 같아."

[그러게 말이에요. 저도 천황에 이어 마황까지 언급될 줄은 몰랐네요. 후후, 그들과 한 번 검을 겨뤄보는 게 꿈이었는데 이렇게 보게 될 줄은.]

가볍게 전율하는 율리아의 반응을 흘려버린 로즈가 다시 물었다.

"그런데 그의 계책은 어떻게 보였어?"

[나쁘지 않아 보였어요. 마황과 손을 잡는다는 건 마음에 걸리겠지만 한 단계 떨어져서 지켜보는 것은 크게 해가 되지 않을 테니까요. 그 황제도 그 부분을 고려해서 결정을 내리겠죠.]

"마황이라……."

[지금 중요한 건 마황이 아니라 그랍니다. 제가 보기에 그는 천황보다 더 까다로운 적이 될 수도 있을 거예요.]

잠시 상념에 빠져 있던 로즈는 율리아의 말에 퍼뜩 정신을 차렸다.

"그렇게 보였어?"

[그만큼 끝이 보이지 않는 저력을 지녔다고 보면 돼요. 만만한 상대가 하나도 없는데, 로즈가 제법 고생할 것 같은 걸요?]

"고생할 건 신경 쓰지 않아. 내 목표만 이루면 되니까. 그다음에는……."

[후후! 당신의 목표를 이룰 수 있도록 힘껏 도와줄 테니 힘내보시길.]

"알았어."

율리아의 확신 어린 목소리를 들으며 로즈는 고개를 끄덕였다.

"로운 후작과 손을 잡으라니, 무슨 뜻입니까?"

난관은 시작부터 존재했다.

로즈가 로운 후작가를 다녀오고 난 뒤, 긍정적인 대답을 얻어왔지만 히드로 2세는 처음부터 노골적으로 불만인 표정을 지은 것이다.

"짐은 그와 손을 잡을 생각이 없습니다."

단호한 대답에 카본 대공은 물론, 질렛과 실레반의 표정도 좋지 않게 바뀌었다. 왕도 딜휜을 위해서는 남쪽의 실력자인 로운 후작가의 협력이 필요했다.

눈치를 살피던 실레반이 고했다.

"폐하, 현재 상황에서 로운 후작과의 연대는 반드시 필요합니다."

"짐 또한 그 사실을 모르는 바가 아닙니다. 하지만 현재 상황에서 짐이 또다시 그에게 굽히는 모습을 보이길 원합니까? 이 제국은 황가의 것이지 로운 후작가의 것이 아닙니다."

"……."

단호하기 그지없는 태도에 모두들 난감한 표정을 지었다.

이렇게 완고하게 나온다면 결정을 내릴 수 있는 것이 아무것도 없으니 말이다.

"폐하, 이러시면 안 됩니다."

"뭐가 말입니까?"

"진정으로 폐하께서는 제국을 위한 길이 무엇인지 모르시는 것입니까?"

"짐은 항상 제국을 생각하고 있습니다."

"그럼 어찌 로운 후작과의 연계를 망설이시는 것입니까?"

"그건……."

히드로 2세가 말을 이어나가려고 했지만 카본 대공이 중간에 끊었다.

"신 또한 로운 후작이 싫습니다. 오만하기 그지없는 성격이 마음에 들지 않고, 딸아이가 그 녀석에게 마음을 준 지금 상황도 마음에 들지 않습니다. 당장 제 검으로 베어버리고 싶을 만큼 말입니다."

"……."

날 선 그의 목소리에 방금 전 무례를 탓할 겨를도 없었다. 입을 닫고 침묵하는 히드로 2세를 보며 카본 대공은 말을 이어나갔다.

"하지만 대를 위해서는 소를 희생하실 줄도 알아야 합니다. 폐하께 가장 큰 목적은 제국의 영광입니까, 아니면 개인의 자존심입니까?"

"짐의 자존심이… 소에 불과하다는 말입니까?"

잔뜩 억눌린 목소리가 흘러나왔지만 카본 대공은 단호하게 고개를 끄덕였다.

"제국의 영광을 위해서는 그렇습니다."

"하하!"

웃음을 지은 히드로 2세는 한동안 아무런 말도 하지 않았다. 둘 사이에 날카로운 기류가 맴돌고 있었지만 누구도 꺼내

들지 못했다.

"로즈 누님."

"예, 폐하."

"그곳에서 들은 이야기를 해주시긴 바랍니다."

제국의 영광을 위해 자존심을 접어둔 히드로 2세의 결정이었다.

소식을 전해 받은 티엘이 등장하는 것은 불과 한 시간 뒤였다.

스파앗!

순백의 빛이 휘몰아치면서 티엘과 제스피아리스가 모습을 드러내자 대전에 짙은 긴장감이 깔렸다.

특히 구 윈스터 후작가 저택을 공간 이동으로 마음껏 드나드는 그를 보며 질렛과 실레반의 표정이 급변했다.

천왕조차 꺾어버리는 티엘의 무위를 감안하면 이곳도 결코 안전지대가 되지 못함을 느낀 것이다.

"위대한 제국의 지배자를 뵈옵니다."

"오랜만이군, 로운 후작."

티엘을 향한 감정을 감추지 않는 히드로 2세였지만 그를 이곳으로 부른 것만으로도 대화할 의지가 있다는 걸 드러내는 셈이었다.

"이곳으로 신을 부르셨다는 건 제안을 받아들일 만한 가치를 느끼셨다는 걸로 봐도 되겠습니까?"

"로즈 공녀에게 대략적인 내용을 들었다. 하지만 좀 더 자세히 듣고 싶다."

개인의 자존심을 접어두고 제국의 영광을 위해 움직이겠다고 마음을 먹은 만큼 좀 더 확실한 대답을 듣고 싶었다.

"레디븐 백작은 천왕과 손을 잡으면서 황도 백성들을 이용하여 천계로 통하는 문을 열었습니다. 그리고 그곳에서 천황과 다수의 천왕이 중간계에 강림했습니다."

"……."

충격적인 말에 누구도 말을 잇지 못했다.

그럴 수밖에 없는 것이, 천왕이나 마왕만 해도 제대로 된 현실감이 들지 않는 상황에서 그보다 더 상위 존재가 중간계에 모습을 드러냈다는 말이 쉽게 공감될 리 없었다.

"그들의 목적은 간단합니다. 곧 있을 마족과의 전투에서 우세를 점하기 위해 전장을 중간계로 선택한 것입니다."

"하필이면 짐의 대에……."

충격적인 말에 히드로 2세는 두 눈을 질끈 감으며 중얼거렸다.

"마족의 경우 호전적이고 직선적인 경우가 많지만, 천족은 빛을 힘으로 삼는 종족이기에 그들을 성스럽고 귀한 종족으로 오해하는 자가 많습니다. 그것을 이용해서 천계의 문을 여는 데 성공했지요."

"그러니 마황과 손을 잡자?"

"그렇습니다."

"그대는 짐에게 너무나 많은 것을 바라는군. 이미 역사에 길이 남을 허수아비 황제로 만든 것을 모자라 이제는 마황과 손을 잡은 황제로 만들 생각인가?"

허탈한 히드로 2세의 음성에도 불구하고 티엘은 가볍게 고개를 저으며 말했다.

"서로에게 이익이 되는 제안을 드렸을 뿐입니다."

"……"

더 이상 말을 해봤자 자신에게 이익이 아니라는 걸 알고 있었다.

"옆의 분은 누군가?"

"곧 벌어질 자들의 존재에서 저를 도울 드래곤입니다."

"드, 드래곤?"

제국사대미녀와 견줘도 떨어지지 않을 아름다운 미녀에게 관심을 갖던 히드로 2세는 정체가 드래곤이라는 사실에 깜짝 놀란 표정을 지었다. 그리고 자리에서 일어나 가볍게 목례를 했다.

"위대한 존재를 몰라 뵈어 죄송합니다."

"괜찮아요. 그나저나 무례한 인간 옆에 있다가 이렇게 예를 치리는 모습을 보니 신선하네요."

제스피아리스는 싱긋 웃음을 지으며 히드로 2세의 인사를 받았다. 난폭한 드래곤의 성향에 대해 누누이 들어왔던 것과 달리 상냥한 태도를 보이자, 대전 내 사람들은 순간 의아한 표정을 지었지만 속내를 겉으로 드러내지는 않았다.

그녀의 내부에 도사린 거대한 힘을 감지한 카본 대공이 눈치를 준 것이다.

"이번 전쟁은 비단 인간뿐만이 아닌 드래곤과 마족, 천족이 모두 연결되어 있습니다. 제가 드린 제안은 폐하가 마황과 손을 잡으라는 것이 아니라 가장 위험한 천족을 무너뜨리는 데 힘을 보태달라는 것입니다."

"……."

티엘이 준 명분에 히드로 2세는 깊은 생각에 빠져들었다.

마음 같아서는 며칠의 시간을 달라고 말을 하고 싶었지만 드래곤까지 온 상황에서 자신을 위해 뻗댈 수는 없는 노릇이었다.

"받아들이지."

"현명한 결정입니다."

티엘은 그답지 않게 옅은 미소를 지으며 말했다.

하지만 급격하게 풀려가는 분위기도 대전을 강타한 냉막

한 목소리에 얼어붙고 말았다.

"누가 이 제안을 받아들일 거라 생각했나?"

흠칫한 사람들은 목소리의 진원지를 향해 고개를 돌렸다.

그곳에는 로즈와 똑 닮은 표정의 클로라이네가 서 있었다.

마치 현실이 아닌 것처럼 아름다운 미모는 로즈와 견줘도
결코 떨어지지 않았다.

보는 것만으로 지독한 염기에 당장 본능이 비집고 나오려
는 충동을 느끼는 건 장내의 모든 남자의 동일한 마음이었다.

유일하게 예외인 티엘은 눈살을 찌푸리며 말했다.

"부른 적이 없는데 이곳에 온 이유는 뭐지?"

"재미있는 수작을 부리는 것 같아서 지켜보고 있었다. 그
런데 내 의사가 개입되지 않은 결단을 내리고 다니는 것 같더
군."

"……."

이번 제안에 있어 클로라이네의 허락을 얻지 않은 건 사실
이었기에 티엘은 아무런 말도 하지 않았다.

그녀는 입가에 옅은 미소를 머금은 채 물어왔다.

"내가 그 제안을 수락할 거라 봤나?"

"현재 상황에서 아군이 많아지는 게 나쁘지 않을 텐데?"

"나쁘지는 않겠지. 하지만 짐이 늘어나는 것은 그만큼 내

키지 않는 상황이기도 하다."

"짐이라, 확실히 그렇시노."

졸지에 짐 취급을 당한 히드로 2세는 발끈한 표정을 지었지만 함부로 나설 수 없었다. 클로라이네를 중심으로 퍼져 나가는 기세는 결코 함부로 할 수 없도록 만드는 힘이 있었던 것이다.

"내가 왜 이 짐들하고 힘을 합쳐야 하는지 설득해 줬으면 좋겠는데."

"간단하다. 바로 즉시 전력으로 활용 가능한 몇몇이 있기 때문이지."

"쓸 만한 것 하나에, 그럭저럭 효용이 있어 보이는 하나가 전부군. 겨우 이것만으로?"

전자는 로즈였고, 후자는 카본 대공이었다. 마황에게 그 정도 평가밖에 받지 못한 카본 대공은 쓴웃음을 지었지만, 로즈는 투명한 눈동자로 클로라이네를 훑고 있었다.

"이들과 손을 잡으면 명분을 얻을 수 있다."

"명분?"

"마황이 등장해서 전쟁을 벌인다고 하면 천족은 방패막이로 인간을 동원하겠지. 그 숫자가 큰 의미를 두지는 않겠지만 악명이 쌓이고, 귀찮은 일이 발생하는 건 그다지 원하지 않을 거라 생각했다."

마황인 그녀에게 있어 수십만이든 수백만이든 모여든다고 해서 큰 위협이 되지 않았다.

하지만 귀찮은 일이 벌어지는 것은 별개의 일이었다.

"틀린 말은 아니야."

"그 명분을 손에 넣을 수 있는 기회다. 천족을 마족과 동일한 선상으로 끌어내리면 너희에게도 나쁘지 않을 텐데?"

"마족이 안 좋은 취급을 당하는 건 마음에 들지 않지만 제안 자체는 마음에 들어."

가면이 벗겨진 천족이 얼마나 추악한지 알고 있는 이들은 없다. 그들의 위선을 제거할 수 있는 것은 마족 말고 없었으니까.

제법 깊이 있는 티엘의 말에 클로라이네가 혹하는 표정을 지었다.

"그 정도를 얻는 것만으로도 만족할 만한 동맹이 될 것이다."

"그렇군. 그럼 제안을 받아들이지."

"더 말이 나오지 않는 걸로 봐도 되겠나?"

"마왕들은 진심으로 따르지 않고 하는 척만 하지만 말을 하면 수긍은 하겠지. 지금 상황에서 하나의 아군도 반가울 테니."

클로라이네의 말은 수락이라고 봐도 무방했다.

"그럼 잘 부탁하지."

"우리는 상황을 지켜볼 거야. 한 가지 문제가 해결되었다고 해도 귀찮은 요소가 아직 다 사라진 건 아니니."

그녀의 시선이 조용히 주시하고 있던 제스피아리스에게 향했다.

자신에게 집중되는 눈길에 조용히 힘을 끌어올리며 받아쳤다.

"드래곤 문제는 아직인가?"

"유감스럽게도."

"흐응, 상관없어. 천족 녀석들과 붙어먹지만 않으면 되니까. 그 겁쟁이들이 수틀리면 그렇게 할 수 있는 걸 알고 있어서 조심스러울 뿐이야."

"마족처럼 교활하지는 않죠."

참지 못한 제스피아리스가 한마디 받아쳤다. 마황과 드래곤의 대립에 다시 한 번 숨 막히는 긴장감이 좌중을 지배하나 갔다.

"제법 배짱이 두둑한 것 같지만, 아직 세상을 잘 몰라."

"적어도 마황인 당신보다는 넓게 보고 있어요."

"그래? 아직 어린 드래곤이로군."

"뭐라고요?"

제스피아리스가 발끈해서 당장 달려들 듯 몸을 들썩였지

만 상대는 마황이었다. 차갑게 식은 그녀의 이성이 그것만큼은 가로막고 있었다.

"이곳의 인간들은 기질 자체가 완전히 달라졌군."

"무슨 의미시?"

티엘이 반문했지만 클로라이네의 시선은 히드로 2세에게 고정되어 있었다.

"인간 황제라고 했나?"

"그, 그렇습니다."

"만약 패배하지 않는 군대를 얻을 수 있다면 어떻게 할 거야?"

"패배하지 않는 군대? 그건 설마……."

헤셀 백작이 거느렸던 불사의 군대를 떠올린 히드로 2세의 표정이 변했다. 그것을 직접 상대한 적 있던 실레반의 표정도 좋지 못한 기억으로 얼굴이 얼룩졌다.

"사이한 방법으로 힘을 얻을 생각은 없습니다."

"그런 게 아니라면? 정당한 방법으로 얻는 힘이야."

"그렇다면……."

아무런 기교가 들어가 있는 말도 아니었고, 마음을 움직이는 울림이 들어가 있는 것도 아니었다. 그럼에도 히드로 2세의 마음은 걷잡을 수 없이 흔들리고 있었다.

바로 눈앞의 마황이 지닌 미모 때문이다.

지켜보는 것만으로 이성을 앗아가는 치명적인 염기는 히드로 2세가 지닌 고정관념을 산산이 깨부수고 있었다. 왜 마족의 유혹에 넘어갈 수밖에 없는지, 그들의 제안이 매력적일 수밖에 없는지 절절히 느끼고 있었다.

"만약 그렇다면… 받아들이겠습니다."

"폐하!"

카본 대공이 깜짝 놀라 외쳤지만 히드로 2세는 결정을 내린 후였다.

클로라이네는 만족스러운 얼굴로 고개를 끄덕였다.

"후회하시 않을 거야. 내가 전해주려는 건 암흑병사를 만드는 일환이니까."

"암흑병사라면?"

듣는 것만으로도 불길한 느낌이 물씬 풍기는 말이었다.

자신이 내뱉은 말의 무게를 실감한 히드로 2세가 조심스러운 모습을 보이자, 클로라이네가 간략하게 설명을 해주었다.

"암흑의 마나가 존재하는 곳에서 더 강한 힘을 발휘하는 걸 말해. 오래전, 나를 모시는 암흑왕국에서는 이걸로 대륙의 패권을 다퉜지."

"그, 그렇다면 당신이 은의 마왕 클로라이네신 것입니까?"

놀란 외침은 히드로 2세가 아닌 다른 곳에서 터져 나왔다.

바로 질렛이었다.

떨리는 눈으로 한 걸음씩 다가온 그는 클로라이네 앞에 서서 말했다.

"정녕 클로라이네 님이신 겁니까?"

"그러고 보니 이곳이 과거 암흑왕국의 영투 중 하나였군, 아직 잃어버린 역사를 계승하는 이들이 있던가?"

"저 또한 말로만 들어서 확신하지 못하고 있었습니다. 그런데 은의 마왕이 이제 마황이 되어 강림하시다니……."

질렛은 제국 북부 출신이고, 이곳 사람들은 먼 옛날 융성했던 암흑왕국의 전설을 잘 알고 있다.

마왕을 모시고 대륙의 패권을 다투던 국가는 우스갯소리로 치부하고 있지만 흑마법사의 자질을 보이는 이들이 월등히 많은 것은 부인할 수 없는 사실이었다.

"이미 먼 과거일 뿐."

클로라이네를 모시던 암흑왕국은 대륙의 패권을 다투던 국가였다.

늘 경원시되면서 두려움을 샀던 그들은 클로라이네에게 자식 같은 존재였다.

인간에게 있어 먼 과거였지만 마황에게 있어 그것은 어제처럼 얼마 되지 않은 시간이었다.

쓴웃음을 짓는 그녀를 보며 눈살을 찌푸린 제스피아리스가 툭 한마디 내뱉었다.

"마황이 동정심이나 유발하고."

노골적인 적대에 클로라이네도 더 이상 참지 않았다.

"아무래도 가볍게 훈계를 해야겠군."

파앗!

검은 기류가 그녀의 손을 타고 뻗어 나가는 순간 제스피아리스도 가만히 있지 않고 용언을 시전했다.

티엘이 주의를 주었지만 마황이라는 존재를 인정하고 싶은 생각은 조금도 없었다.

파앙!

힘과 힘이 충돌하면서 수변 대기가 터져 나갔다.

"아앗!"

잠깐이라도 백중세를 유지할 법도 했지만 용언은 허공이 흩어져 버렸다. 그 틈을 파고든 공격은 제스피아리스의 전신을 휘감았다.

삽시간에 무력화된 제스피아리스의 눈에 보인 것은 무감정한 클로라이네의 얼굴이었다.

궁지에 몰린 쥐가 된 제스피아리스가 몸을 움찔 떨자, 고개를 가까이 한 그녀가 말했다.

"좀 더 주변 상황을 냉정하게 파악할 필요가 있어, 어린 드래곤."

그 말을 끝으로 제스피아리스의 몸이 끈 떨어진 인형처럼 나가떨어졌다.

"흐윽!"

신음을 흘리며 일어선 그녀의 두 눈은 더 이상 전의가 깃들시 않았다.

그 자리를 대신한 것은 마황에 대한 두려움이었다.

아무리 전력을 발휘하더라도 제대로 된 대항을 할 수 없을 것 같다는 생각. 이것이 마황의 힘이라고 생각하자, 어쩌면 자신이 단단히 착각하고 있었다는 위기감이 들었다.

충돌을 마무리한 클로라이네의 시선이 티엘에게 향했다.

"오늘 이야기는 여기까지 하면 될 것 같은데."

"그러면 될 것 같군."

고개를 끄덕인 그는 상황을 마무리했다.

제스피아리스와 충돌이 벌어질 당시 간섭할 수 있었지만 굳이 행동으로 옮기지 않은 데에는 이유가 있었다.

첫째는 클로라이네가 제스피아리스에게 큰 상처를 입히지 않을 거란 확신이 있었고, 둘째는 직접 마황이 힘을 겪어보게 만들기 위함이다.

"배신하지 않는 한, 동맹은 유효할 것이다. 인간 황제, 얼마나 역량을 발휘하는지 지켜보도록 하지."

"알겠습니다."

"믿음직하군."

망설이지 않고 대답하는 모습에 희미한 미소를 지어 보인 클로라이네의 몸이 연기처럼 흩어져 사라졌다.

　그 광경을 지켜보며 히드로 2세는 조용히 입을 닫았다.

제5장
불거지는 전운

마황과의 동맹은 표면적으로 언급되지 않았다.

그 이면에 꼭 필요한 이유가 숨어 있다고 하더라도 다른 이들에게는 좋은 소리를 들을 수 없다는 걸 알기 때문이다.

히드로 2세는 마황과 드래곤을 만나면서 자신이 얼마나 무력한 존재인지 깨달았다.

제국의 지배자라고 해도 그들에게 있어 자신은 많은 인간에게 영향을 끼치는 여왕개미 정도에 불과하다는 걸 안 것이다.

오히려 강력한 무력을 지닌 티엘을 경시하지 못하는 모습을 보임으로써 열등감에 부채질하는 결과를 낳았다.

그리고 이어진 로즈의 선언은 그로 하여금 그 생각을 더욱 공고하게 만들었다.

"저는 로운 후작을 따라가려고 해요."

"어째서입니까?"

"이제 이곳이 마황의 가호를 받고 있으니까요."

로즈가 가장 필요했던 것은 그녀의 힘을 바탕으로 히드로 2세를 지키고자 하기 위함이지만 마황의 가호가 들어선 이상, 로즈의 존재는 의미가 없어졌다.

히드로 2세도 그 사실을 잘 알고 있었지만 포기하지 않고 그녀를 붙잡고자 했다.

"그래도 누님의 힘이 필요합니다."

[보는 눈은 있어서 매달리네? 하지만 이미 결정이 난 사안이야.]

"말은 감사하지만, 저는 마음의 결정을 내렸습니다."

"어째서 그입니까? 정말 누님의 눈에는 그밖에 보이지 않는 것입니까?"

"……."

간절함이 담긴 목소리에 로즈는 아무 말도 하지 않았다. 그 침묵이 긍정의 의미임을 모르지 않았기에 히드로 2세는 절망했다.

"누님을 보면 짐이라는 존재가 얼마나 하찮고 보잘것없는 지 알게 됩니다. 알겠습니다. 누님이 원하는 곳으로 가십시 오."

"…건강하시길."

보내주겠다는 말이 붙잡고 싶다는 표현임을 모르지 않았 지만 로즈는 그 간절함에 응답하지 않았다.

고개를 숙인 그녀는 망설임없이 대전을 벗어났다.

"결국……."

붙잡고 싶었지만 결과는 최악이었다.

표정을 일그러뜨린 히드로 2세가 몸에 힘을 빼고 의자에 몸을 묻었다.

"죄송합니다, 폐하. 그 아이를 붙잡기에는 신의 역량이 너 무나 미미했습니다."

지켜보던 카본 대공이 무겁게 가라앉은 목소리로 말했다.

그 또한 로즈가 남아주길 바라면서 설득을 했지만 결과는 동일했다.

"이미 누님이 숙부님의 말을 듣지 않는 것은 알고 있습니 다."

"면목이 없습니다."

기어이 로운 후작을 따르겠다는 로즈의 결정이 야속하기 만 한 카본 대공이었다. 조금 양보를 해서 남아 실력을 기르면 될 텐데.

"지금은 힘들지 모르나, 신은 폐하의 편입니다."

"무슨 뜻입니까."

"로즈가 로운 후작을 따라나섰다고 하나, 그 녀석의 여인이 된다는 뜻이 아닙니다."

"……."

카본 대공이 무슨 의미로 그런 말을 하는 건지 짐작하기 힘들었기에 히드로 2세는 긍정도 부정도 표하지 않았다.

"그 녀석, 로운 후작의 고집은 이미 널리 알려질 정도로 대단합니다. 신은 이해하기 힘드나 거절당한 이상, 로즈가 뜻을 이루는 것은 힘든 일이 될 것입니다."

"그 말은?"

히드로 2세의 얼굴에 기대감이 번졌다. 그리고 이어진 말은 그것을 충족시켜 주었다.

"저는 로즈가 폐하와 이어지는 것이 이상적이라 생각합니다."

"진심입니까, 숙부님?"

"현재 제국이 어려운 상황에 직면해 있고, 황실의 혈통을 보전하는 것이 최우선 과제입니다. 신의 딸이라서가 아니라 로즈는 모든 조건을 부합하니, 좀 더 여유를 가지고 대비를 하는 것이 어떻습니까?"

"여유라……."

"조급한 모습을 보이고 제대로 일처리도 못한다면 누구도 호감을 갖지 않을 것입니다. 무례할지 모르나, 폐하께서 황제 토시 뛰이닌 역량을 보인다면 르즈의 마음도 달라질 거라 봅니다."

막연하게 잘못된 점을 알고 있었지만 간절히 원하는 것을 얻을 기회가 생길 수 있다는 데 생각이 미치자, 찬물을 뒤집어쓴 것처럼 머릿속이 맑아졌다.

"그동안 조급했다는 걸 인정합니다. 너무 못난 모습만 보이고 있었군요. 하브리스 공작이 원하는 모습이 이런 게 아니었을 텐데."

"……."

절친한 친우의 이름이 언급되자 카본 대공은 침묵했다.

"알겠습니다. 그동안 못난 모습을 보였으니 이제는 기대에 부응할 수 있도록 노력해 보지요."

"주제넘은 점, 사과드립니다."

"아니, 숙부님의 조언은 짐의 마음 깊숙한 곳에서 감명을 주었어요. 앞으로 어려운 점이 있다면 논의를 하도록 하지요."

"예."

황제가 긍정적인 모습을 보인 것만으로도 카본 대공은 만족스러웠다.

　"……."

　마황과 한 차례 충돌 이후, 제스피아리스는 부쩍 말이 줄어들었다.

　말로만 듣던 마황을 직접 대면한 것도 이유 중 하나였지만, 그보다 더 큰 것은 직접 겪어본 힘이 상상을 초월했던 것이다.

　그동안 드래곤이 중간계의 수호자로 있으면서 천족과 마족의 침입이 발생해도 물리칠 수 있다는 자신감이 존재했다.

　그 편견을 깨버린 것이 티엘이었지만, 서로 힘을 합친다면 극복할 수 있다고 생각했다.

　하지만 마황의 무위는 상상 이상이었다.

　한 치의 망설임도 없는 잔인한 손속, 그리고 웜급 드래곤인 자신의 용언마저 무시해 버리는 강인한 의지.

　'과연 중간계를 지켜낼 수 있을까?'

　마황도 이 정도인데 동급의 존재라 불리는 천황은 얼마나 강할까.

　처음으로 중간계를 지킬 수 없다는 생각은 그녀를 혼란에 몰아넣었다.

　그녀가 이런 상념에 빠져 있을 무렵, 티엘은 갑자기 따라온 로즈로 인해 실랑이를 벌이고 있었다.

"수련할 장소를 제공해 달라고?"

"네."

"내가 왜 그래야 하지?"

"당신을 꺾기 위해서는 수련을 해야 하니까요."

"나를 꺾기 위해 수련할 장소를 빌려 달라고? 말이 참 웃기는군."

[참 속 좁은 남자네. 작위도 높고 가문의 세력도 크면서 그 정도 해주는 게 뭐 어렵다고 저래? 설마 질 것 같아서 그러는 건 아닐까요, 로즈?]

"……."

율리아의 반문에 로즈는 침묵했다. 하지만 그 속에는 긍정의 의미가 깃들어 있었다.

"정상적으로 생각하면 이런 요구는 뜬금없지. 특히 날 꺾으려고 인정사정없이 달려드는 여자한테 왜 그런 호의를 베풀어야 하지?"

"질 것 같아서 그러나요?"

"뭐?"

"제게 호의를 베풀 수 없는 건 혹시 패할 수 있다는 두려움 때문에 그러는 게 아닐까 하는 생각이 들었어요. 아니면 착각이겠지만요."

말은 그렇게 했지만 로즈가 그렇게 생각하고 있다는 걸 모를 리 없었다.

"이거 참, 장소를 제공할 수밖에 없도록 만드는군."

헛웃음을 흘린 티엘이 고개를 저었다.

"제안을 받아들이지. 다만 현재 가문은 클레디오 백작이 주로 사용하고 있다. 충돌하는 것은 어쩔 수 없지만 그 피해가 가문에 미치지 않도록 해줬으면 좋겠군. 이 제안을 받아들이면 제공하겠다."

"좋아요."

"그럼 즉시 조치를 취하도록 하지."

로즈가 쉬면서 수련을 할 수 있도록 배려한 티엘은 아직도 생각에 잠겨 있는 제스피아리스를 바라보았다.

"마황의 힘이 그렇게 충격적이었나?"

"…이 정도일 줄은 몰랐어요. 내가 오만한 건 아니지만 용언이라면 충분히 위력을 발휘할 수 있을 거라 생각했는데 그 수준을 월등히 뛰어넘고 있으니."

"그 정도도 되지 못하면 수준 이하지."

"듣던 것과 직접 겪어본 차이가 이렇게 클 줄은 몰랐어요. 정말 드래곤의 힘을 빌리지 않고 중간계를 지킬 수 있는 건가요?"

제스피아리스가 드래곤의 힘에 미련을 두는 것은 그만큼

상대의 무력이 대단하기 때문이었다.

"드래곤이 덤벼들면 막을 수 있을 거라 생각했고?"

"하나는 부족하지만 여럿이 힘을 합친다면……."

"전혀. 상대의 힘을 경시하고 달려들면 오히려 좋은 먹잇 감이 될 뿐이지."

"그럼 당신이 그들을 감당할 수 있다는 건가요?"

"직접 감당할 필요는 없어. 저들이 충돌하고 치고 박도록 유도하면 되니까. 나는 지켜보다가 마지막에 나서기만 하면 돼."

"그게 말처럼 쉽지가 않잖아요."

이야기책에서 나오는 것처럼 마황은 어리석지도 않고 성 급하지도 않았다.

오히려 모든 것을 꿰뚫어 보는 통찰력을 지니고 있다.

그들이 과연 자신들의 뜻대로 움직여 줄까?

전혀 아니었다.

제스피아리스는 마황이 과연 티엘의 뜻대로 움직여 줄지, 그리고 이 위태로운 동맹이 언제까지 이어질지 의문을 품게 되었다.

"지켜 봐. 내가 원한 건 네가 걱정하고 간섭하는 게 아니니 까. 직접 보고 겪으면서 앞으로 상대해야 할 천족과 마족의 힘이 어느 정도인지, 그리고 그것을 드래곤에게 전달하도록 해. 그 정도면 충분하니까."

"…그러죠."

자신이 이렇게 말을 한다고 해도 상대가 태도를 바꾸지 않을 걸 알고 있었다.

더 말을 해봤자 입만 아프다는 걸 알았기에 제스피아리스는 굳은 안색으로 고개를 끄덕였다.

"그럼 허락을 받은 거니?"

"당분간 머물기로 했어."

"잘됐다. 쉽지 않았겠지만 허락을 받은 게 어디야."

카롤리나는 로즈가 로운 후작가에 머물게 되었다는 말을 듣고 제 일처럼 기뻐했다.

넓게 보면 연적이었지만 가깝게는 절친한 친구였다. 그녀가 실연을 당하고 절망에 빠진 모습은 결코 좋게 보이지 않았다. 그래서 카롤리나는 마음속으로나마 로즈를 응원했는데, 그 성과를 보기 시작한 것이다.

"앞으로 어떻게 하려고?"

"수련을 할 거야."

"수, 수련? 후작님하고 좀 더 가까워지기 위한 건 없고?"

"가장 중요한 게 내 실력을 가다듬는 거니까. 내가 강해지면 모든 게 해결될 일이야."

"……."

티엘을 꺾으면 그의 여자가 될 수 있다는 의미가 깃들어 있었지만 카롤리나는 이상하게 뒤틀려 있는 로즈의 사고 회로에 입을 다물어야만 했다.

마치 열심히 수련을 하면 티엘이 알아봐 줄 거라 여기는 것처럼 보였으니 말이다.

"그럼 수련을 하러 가야겠어."

"정말… 수련만 할 거야?"

"지금은 그게 최선이야."

"아, 알았어. 열심히 해. 뒤에서나마 열심히 응원할게."

"고마워."

자리에서 일어나 방을 벗어나는 로즈의 뇌리로 율리아의 음성이 울려 퍼졌다.

[뭔가 심각하게 착각하고 있는 것 같은걸요?]

"지금은 수련을 하는 게 더 중요해."

로운 후작가에 머물기로 한 이상, 곁에서 지켜보며 장점과 단점을 간파하고 확실하게 우위를 점할 수 있도록 해야만 했다.

하지만 로즈의 수련은 처음부터 꼬이기 시작했다.

연무장에 도착하니, 날카로운 기세를 사방에 흩뿌리고 있던 클레디오 백작과 마주해야 했던 것이다.

"네가 왜 여기 있지?"

"……"

"마침 잘됐군."

로즈를 본 클레디오 백작의 입꼬리가 말려 올라갔다.

흑룡왕의 힘을 완전히 받아들인 이후, 그것을 안정시키고 자신의 것으로 만드는 데 힘을 써야만 했던 그였다.

당연히 좀처럼 힘을 발휘할 상대가 없었는데, 눈앞의 로즈는 그것을 충분히 감당하고도 남는 여인이었다.

"이렇게 본 것도 인연인데 한번 검을 나눠보는 게 어떤가?"

"그 정도 힘은 있고?"

"물론."

전신에 들끓는 흑룡왕의 힘은 세상을 부수라고 해도 가능할 것처럼 느껴졌다.

그것이 큰 착각이라는 걸 알고 있지만 그 충만함은 당장 어떻게든 사방에 발휘해 달라는 듯 거칠게 날뛰었다.

"그렇다면 나도 싫지 않아."

"뜻이 맞아서 좋군."

둘의 시선이 마주치는 순간, 허공을 가르며 두 자루의 검이 교차했다.

본격적인 로운 후작가 파괴가 시작되는 순간이었다.

"내가 분명히 말했을 텐데?"

"……."

차갑게 가라앉은 티엘의 말에 클레디오 백작과 로즈는 아무 말도 하지 못했다.

이 모든 일은 둘의 충돌에서 시작되었다.

인간의 한계를 까마득히 초월한 두 존재의 전투는 연무장을 비롯하여 로운 후작가를 차근차근 파괴해 나갔다.

그로 인해 로운 후작가 전체가 뒤집혔다.

감당하기 힘든 거대한 힘이 연이어 휘몰아치면서 적의 습격이 이어진 것이 아닐까 하는 의심을 산 것이다.

그원부터 시작하여 렉스터 남작과 마블론이 기사를 이끌고 가문 안으로 속속 집결했으며, 충돌의 진원지로 향했다가 허탈한 표정을 지어야만 했다.

단둘이 일으킨 충돌의 여파는 그야말로 인간의 한계를 아득히 초월한 것이기에 그랬다.

"적당히 하도록. 굳이 힘을 발휘하지 않아도 되는 걸 알 텐데."

"한번 시험해 보고 싶어서 그랬다. 내 힘이 어느 정도인지."

"굳이 눈으로 확인해야 믿고 싶나 보군."

"아무래도 상대가 없으니까."

클레디오 백작은 솔직하게 속내를 털어놓았다. 반면, 로즈는 아무 말도 하지 않은 채 입을 꾹 다물고 있었다.

한순간 충동을 이기지 못하고 행동으로 옮긴 자신의 태도가 부끄러웠던 것이다.

[로즈 당신이 사랑하는 남자도 대단하지만 눈앞의 인간도 대단하네요. 정확히 말해서는 인간인지 확신이 들지는 않지만……]

'마찬가지야.'

클레디오 백작과 겨루면서 로즈는 다른 의미에서 놀라야만 했다.

과거 제국 최강이라 불린 검사기에 어느 정도 강할 거라 생각은 했지만 예상 이상이었다.

자신이 전력을 다해도 제압할 수 있을지 확신이 들지 않을 정도였으니까.

그런 그가 티엘에게 꼼짝도 못한다는 것은 여러 가지 의미를 부여했다.

가장 큰 것은 티엘이 그만큼 강력한 무위를 지니고 있다는 것이었다.

클레디오 백작조차 함부로 하지 못하는 만큼의.

그사이 티엘과 클레디오 백작의 대화는 급물살을 타고 있었다.

"그럼 내가 시험해 주지."

"읍! 그것도 나쁘지 않군."

"자리를 옮기지."

힘을 시험해 볼 수 있다는 생각에 들뜬 클레디오 백작이 뒤를 따랐다. 잠시 벙쩌 있던 로즈는 자신도 따로 일이 없다는 걸 깨닫고는 둘의 뒤를 따랐다.

천족의 수중 아래 들어간 황도의 백성들은 연이어 기적을 행한 천족을 믿는 기운으로 가득했다.

그것은 차곡차곡 쌓여 그들의 힘이 되었고, 나아가 더 많은 천족이 중간계로 강림할 수 있는 양분이 되어줄 것이다.

모든 일이 수월하게 흘러가자 천황 미델쿠스는 본격적으로 행동에 나섰다.

"힘은 충분히 축적했다. 남은 것은 움직이는 것밖에 없지."

"적들은 언제든지 공격해 올 것입니다. 기다리시는 게 옳지 않습니까?"

레디븐 백작이 그의 선언에 불안한 표정을 지은 채 대답했다.

자신을 돕던 테일리도 호기를 부리다가 소멸을 겪었기에 일말의 불안감이 드는 건 당연했다.

"걱정하지 않아도 된다. 테일리는 무모했지만 우리는 아니니."

"그래도……."

"아무래도 확신을 얻지 못하나 보군."

"죄송합니다."

미델쿠스의 말에 레디븐 백작이 고개를 숙여 사과했다.

인간과 다른 천황과 대면하고 있다는 것만으로도 영광이었다. 그런 그를 의심한다는 것 자체가 모욕으로 여길 수 있었다.

"전혀 무리가 아니다. 이곳은 완전한 우리의 터전이 되었지. 마음만 먹는다면 언제든지 이곳으로 오는 게 가능하다. 그러니 불안에 떨지 않아도 된다. 네가 원하는 즉시 우리는 이곳으로 올 수 있으니."

"예……."

"이미 전운은 무르익고, 마족들도 준비를 하고 있다. 우리가 유리한 고지를 점했을 때 움직이지 않는다면 마족들은 더욱 더러운 방법을 동원할 것이다. 그 전에 분쇄하는 것이 최선이겠지."

마족이라는 말에 레디븐 백작은 흠칫했다.

자신이 이렇게 무너질 수밖에 없었던 이유는 헤셀 백작이 마왕의 힘을 빌려 불사의 군대를 조직했기 때문이었다.

그렇기에 더더욱 천족에게 의지할 수밖에 없었다.

그들이 사라지게 되면 자신은 한낱 끈 떨어진 연에 불과했으니까.

"믿습니다."

"그 믿음을 배반하지 않을 것이다."

미델쿠스가 인자한 미소를 지어 보였다.

"예리얼."

레디븐 백작을 납득시킨 뒤, 자리를 옮긴 미델쿠스가 나직한 목소리로 입을 열었다.

그와 동시에 한 줄기 빛이 뿜어지더니 그대로 미델쿠스 앞에 나타났다.

"부르셨습니까."

"해야 할 일이 있다."

"하명하십시오."

"지금 즉시 드래곤을 찾아가라. 찾아가서 그들의 힘을 빌리도록."

"드래곤을 말입니까?"

"그렇다. 마족 녀석들을 처리하려면 드래곤의 묵인 정도는 필요하겠지. 하지만 그 말을 믿지 않을 녀석들이니 연합해서 마족을 소탕하자고 말을 해라."

드래곤과 천족은 각각 중간계의 수호자와 세계의 빛을 대변하지만 사이는 물과 기름처럼 그리 좋지 못했다.

굳이 이것을 개선할 생각이 없지만 중간계에서 드래곤의 영향력은 무시할 수 없을 만큼 컸다.

"알겠습니다."

"최대한 드래곤의 마음을 돌려놓고 오도록."

파앗!

빛으로 화한 에리얼의 모습이 사라졌다.

그 모습을 지켜보던 미델쿠스의 입가에 만족의 미소가 드리웠다.

"이제 슬슬 시작할 때로군."

티엘의 침입 이후, 드래곤들은 한동안 패닉에 빠져 헤어 나오지 못했다.

일개 인간에게 겪은 치욕은 드래곤들조차 쉽게 치료할 수 없을 만큼 큰 상처를 준 것이다.

그가 인간의 한계를 초월한 강함을 지니고 있는 걸 알고 있었지만 드래곤 로드가 포로가 되었고, 다수의 드래곤이 제압을 당했다.

중간계의 구성원 중 하나고, 일부 드래곤은 벌레만도 못하게 여긴 것이 인간이었기에 그를 어떻게 대해야 할지 의견이 분분했다.

"드래곤의 위엄에 손상을 입힌 인간 너석을 당장 제거해야 합니다!"

"더 이상 지켜보면 다른 종족도 드래곤을 우습게 볼 것입니다."

혈기왕성한 몇몇 드래곤은 티엘을 제거하자고 주장했다.

"……."

하지만 다수의 고룡은 침묵했다. 모두 티엘이 지닌 강함을 눈앞에서 목격했던 이들이었다.

그만큼 그의 힘은 강대했고, 함부로 할 수 없을 정도의 수준이었다.

"아무래도 내 의견을 말해야겠군."

침묵하고 있던 카스피스는 점점 과열되는 회의를 지켜보다가 나섰다.

모두의 이목이 카스피스에게 집중됐다.

이번 사건의 가장 큰 피해자인 그는 드래곤 로드의 위엄에 큰 손상을 입은 상태였다.

"인간을 제거하는 것은 불가능한 일이다. 그는 마족과 밀접한 관련을 맺고 있고, 현재 중간계에서 가장 많은 주목을 받고 있기 때문이다. 만약 우리가 어설프게 나선다면 마족이 너 깊게 개입할 여지를 줄 수 있다."

냉정한 어조로 말을 하는 카스피스였다.

단지 마황과 연관을 맺은 것으로 제거하려고 했지만 그의 강함과 마족의 연합은 어떤 파장을 일으킬지 상상조차 힘들었다.

"그럼 로드는 그런 수모를 겪고 그냥 넘어갈 생각이란 말입니까?"

레드 드래곤 로드, 베르니스가 표정을 일그러뜨리며 말했다.

상식적으로 그를 제거하는 게 불가능하다는 걸 잘 알고 있다. 하지만 이대로 포기하기에는 자존심의 손상이 너무나 컸다.

"이미 수모는 겪었고, 회복할 수 없을 만큼 큰 타격을 입었지."

"그건……!"

"이번 일을 주동한 게 자네라는 걸 잘 알고 있네, 레드 드래곤 로드."

"……!"

정면으로 지목당한 베르니스의 몸이 움찔 떨렸다. 제아무리 드래곤 중 최강인 레드 드래곤 로드였지만 모든 드래곤의 로드를 맡고 있는 카스피스에 비할 바는 아니었다.

"수모를 겪은 것은 나만으로 충분하지. 더 이상 그 인간에 대한 왈가왈부는 금하도록 하지. 지금 상황에서 중간계에 가장 큰 영향력을 끼치는 그 인간은 중간계의 수호에 큰 도움이 되니."

명예보다 실리를 선택한 카스피스였다. 당장 분노에 모든 것을 맡겨서 티엘을 제거하려고 나선다고 해도 성공을 장담할 수 없고 드래곤들만 큰 타격을 입을 가능성이 농후했다.

대부분의 드래곤이 불만스러운 표정을 감추지 못했지만 카스피스가 제시한 의견보다 좋은 걸 꺼낼 수 없었다.

회의가 그대로 끝날 무렵, 한 줄기 빛이 회의장 중앙으로 쇄도했다.

파앗!

"맞게 찾아왔군. 마침 다 모여 있으니 참 다행인 듯하고."

"당신은 누구인가?"

빛의 힘만 보아도 그가 천족이란 걸 알 수 있었기에 카스피스가 차분한 목소리로 물었다.

"내 이름은 예리얼, 빛의 종족 왕이다. 드래곤에게 할 제안이 있어 왔다."

천왕 예리얼의 등장은 회의를 새로운 국면으로 접어들게 만들었다.

"정말 대단하군. 그렇게 생각하지 않나?"

허탈한 미소를 지은 클레디오 백작은 고개를 절레절레 저었다.

자리를 옮겨 티엘과 겨뤘지만 결과는 대패였다. 흑룡왕의 권능을 마음껏 발휘하면서 무시무시한 공격을 펼쳤지만 그가 그려내는 검에 모조리 무력화가 되었다.

공간을 자유자재로 넘나들며 차근차근 숨통을 조여오더니 클레디오 백작이 전력을 발휘하기도 전에 나가떨어지고 말았다.

"예전부터 알고 있었어요."

"하긴, 겨뤄봤을 테니 모르지 않겠지. 하지만 그 힘의 한계가 어느 정도인지 가끔은 알 수가 없어."

다른 것도 아닌 흑룡왕의 힘이다.

마왕에 버금가는 블랙 드래곤 로드의 힘이라면 이제는 가능성을 보일 거라 생각했지만 티엘은 그때마다 한층 더 강한 힘을 발휘하고는 했다.

"이제는 어떻게 해야 무너뜨릴 수 있을지 모르겠군."

"간단하죠. 더 강한 힘을 발휘하면 돼요."

"그렇게 간단하게?"

"그럼 다른 방법이 필요할까요? 저는 그렇게 생각하지 않아요. 견고하게 기본기를 쌓고, 비기를 가다듬는 것밖에 방법이 없죠."

"···틀린 말은 아니군."

디엘이 펼치는 검을 보면 그리 특별할 것 없는 것들이다.

공격이나 방어나 모두 간결하면서 빨랐다. 하지만 그 이면에 실려 있는 위력을 보면 절대 감당할 수 있는 무시무시한 힘이 내포되어 있다.

"그런데 그 녀석은 나이도 어린데 어떻게 그렇게 무시무시한 기본을 쌓을 수 있지?"

"모르죠."

"보니까 그 녀석을 상대하기 위해 단련을 하는 것 같은데, 비법을 공유하는 건 어떤가?"

"공유요?"

"그래, 당장 나도 강해지는 게 좋지만 최종 목표는 로운 후작을 뛰어넘는 것이다. 지금은 무리지만 수련을 하면 언젠가 발치까지 따라가겠지. 혼자 습득하는 것보다 필요에 의한 협력이라면 제법 괜찮을 것 같은데."

"······."

로즈는 입을 닫고 고민에 빠져들었다. 하지만 그녀가 내린 결론은 거절 쪽에 기울어 있었다. 그 순간, 율리아의 목소리가 울려 퍼졌다.

[받아들여요.]

'왜?'

[어차피 그 남자를 꺾으려면 어떤 수단이라도 이용하는 게 좋지 않나요? 눈앞의 인간은 현재 로즈에 비해 떨어지는 무위를 지닌 게 아니에요. 그리고 더 오랜 시간 동안 로운 후작을 지켜봤죠. 협력한다면 로즈에게 큰 도움이 될 거예요. 새로운 자극제가 되기도 하고.]

'확실히……'

단편적으로 생각했던 로즈는 생각을 달리 먹었다.

강해지는 것도 좋지만 일차적인 목표는 티엘을 꺾는 것이다.

할 수 있다면 모든 방법을 동원해 보는 것도 나쁘지 않았다.

"받아들이죠."

"역시 내 눈은 정확했어. 앞으로 잘 부탁하지."

"네."

티엘을 꺾고자 클레디오 백작과 로즈는 기꺼이 손을 잡았다.

한동안 정신을 수습하는 데 힘쓴 제스피아리스는 한결 편안한 안색으로 잡다한 업무를 처리했다.

여전히 머릿속은 고민이 많았지만 자신이 해결할 수 있는 범주를 벗어난 걸 질질 끌고 가봤자 도움이 되지 않는다는 걸 알아차린 것이다.

피앗!

고민에 잠겨 있던 그녀는 갑작스러운 마나 유동과 함께 모습을 드러낸 베레아스를 보고 반색했다.

"여긴 무슨 일로?"

"할 말이 있어서 찾아왔네."

베레아스는 걱정 어린 표정으로 제스피아리스를 바라보았다. 그녀를 구속할 당시 동원되었던 베레아스는 몇 되지 않는 티엘의 지지자 중 하나였다.

레드 드래곤 최고룡인 그가 짓는 근심 어린 표정에 제스피아리스는 의아한 표정을 지었다.

"무슨 일이기에……."

"음! 돌아가는 상황이 좋지 않아서. 일단 내가 찾아온 이유를 설명하면 간단하네."

그리고 이어진 말은 제스피아리스에게 있어 황당함 그 자체였다.

"…제가 마황에게 현혹되었다고요?"

"그런 말이 나왔지."

"그 핑계는 정말 질리지도 않는군요. 마황의 강함을 인지

하고 대비해도 모자랄 판에 같은 동족인 나를 마황에 현혹되었다고 지목하다니."

제스피아리스는 쓴웃음을 지었다.

베레아스가 가져온 정보는 간단했다. 드래곤들은 여전히 티엘을 불신하고 있으며, 어떻게든 그를 흠집 내기 위해 고민하고 있다는 것이다. 그리고 그와 함께하는 제스피아리스가 마황에 현혹되었다는 말로 모함을 했다.

강인한 드래곤의 정신체는 설사 신이라고 해도 세뇌시키는 것이 불가능했다.

그런데 저들은 스스로 자아를 깎아내리면서 모함하고 있는 것이다.

"그래서 저를 또 구속하기라도 하려는 건가요."

"아직은 그게 아니지만 그렇게 나설 수도 있겠지. 직접 구속했다가 사단이 벌어졌으니 배신자로 낙인이 찍힐 수도 있겠지만."

"저는 숨겨진 진실을 보았고, 지금 제 행동이 옳다고 믿어요. 그걸 믿지 못하고 배신자로 규정한다면 기꺼이 그걸 받아들이겠어요."

제스피아리스의 태도는 단호했다. 그 결정을 절대 바꿀 수 없다는 걸 알고 있는 베레아스는 고개를 끄덕이며 옅은 미소를 지어 보였다.

그녀가 있기에 티엘과 드래곤 간에 끈이 이어지고 있는 것이니 말이다.

"나도 그 부분은 지지하고 있지만 상황은 약간 다르게 흘러가고 있지."

"다르게라니요?"

"천족이 모습을 드러냈지."

"천족이요?"

"드래곤 회의에서 모습을 드러내어 우리에게 동맹을 요청했지. 그 과정에서 자네가 마황에게 현혹되었다는 말이 나온 것이고."

"…그럼 드래곤은 천족과 손을 잡는 건가요?"

위선의 탈을 뒤집어쓴 천족과 손을 잡는다면 드래곤은 단지 이용만 당할 가능성이 높았다.

제스피아리스의 생각이 무엇인지 알고 있는 베레아스는 쓰게 웃으며 고개를 끄덕였다.

"아마 그렇게 될 것 같군. 천족과 마족 둘 모두 적으로 두느니 한 곳을 형식상이라도 아군으로 삼겠다는 생각이니."

"결국 그렇게 되는군요. 천족의 위험성에 대해 인지하고 있는 거죠?"

"인지는 하고 있지만 이용당하지 않을지 여부는 알 수 없군."

"그러면 괜찮아요. 어차피 중간계는 우리 드래곤에게 가장 유리한 환경이 조성되어 있으니까요. 제가 바라는 점이 있다면 최대한 느리게 움직이는 거예요. 그러면 그만큼 천족이 이용할 수 있는 여지는 줄어드니까요."

그녀의 말을 듣는 베레아스는 미소를 지었다. 제스피아리스가 한쪽에 치우쳐 있다면 이런 말도 하지 않을 것이다. 드래곤의 이익을 위한 방향으로 말을 하니 다른 드래곤들의 우려는 잘못된 것이라고 단호하게 말을 할 수 있다.

"로드에게 전하도록 하지."

"로드요?"

"날 이곳으로 보낸 게 로드니까."

"……."

무슨 의도인지 파악할 수 없어서 제스피아리스는 아무 말도 하지 않았다.

"로드는 최대한 냉정하게 상황을 지켜보겠다고 말을 했지. 그 과정에서 자네를 구속하게 된 걸 정중하게 사과하겠다고 말했고."

"로드가 왜……."

"아마 저번 충돌에서 많은 걸 깨달은 것 같더군. 하긴 그 정도 충격도 없다면 로드로서 재목이 아니었던 거겠지만."

"어떻게 돌아가는지 잘 모르겠지만 저는 지금 입장에 충실

할 거예요. 제가 본 마족은 듣던 것과 많이 다르고, 천족도 마찬가지니까요."

"알겠네. 전하도록 하지. 다만 마족과 너무 가깝게 지내지말게. 괜한 음지인은 다른 이들의 쓸데없는 의심을 살 수 있으니."

"그 결정도 제가 하는 거라고 말해주셨으면 해요."

당당하게 자기주장을 하는 제스피아리스를 보며 베레아스는 고개를 끄덕였다.

천족이 본격적으로 움직이면서 그에 보조를 맞추는 레디븐 백작도 군을 천천히 이동시켰다.

사방이 적으로 둘러싸인 형국이지만 가장 많은 인구가 살고 있는 중부 지방에서 운용할 수 있는 병력의 숫자는 많았다.

이들은 철저하게 천족에 대한 믿음으로 재무장하며 자신들이 정의를 실현하기 위한 이들로 착각을 했다.

레디븐 백작의 움직임은 예상을 벗어난 것이기에 군사부의 움직임이 바빠졌다.

이것을 지켜보던 티엘은 간단하게 말했다.

"걸어오는 싸움을 피할 이유는 없다. 군을 편성해서 셰어드 요새로 보내도록."

"예?"

"목적이 군을 움직이는 것에 있는지, 세어드 요새 점령에 있는지 알 수 없지만 곧장 반응하는 모습 정도 보이는 건 나쁘지 않지. 우리가 호락호락하지 않다는 걸 각인시키도록."

군사부는 가문의 대소사를 결정할 만큼 큰 권한을 지녔지만 이 모든 권력은 티엘에게서 나왔다.

커다란 결정이 내려지면 세부적인 것을 짜는 건 책사들이 해야 할 일이다.

"알겠습니다."

"총사령관은 마블론, 부사령관은 그원으로 한다. 우리가 장난으로 임하는 게 아님을 알리도록."

"예!"

절대강자인 마블론과 티엘의 매제인 그원은 로운 후작가가 진심으로 임한다는 걸 보여주는 격이었다.

"그리고 황제에게 알려서 그쪽도 민첩하게 움직이도록 조치를 취하라."

단순한 도발에는 전력을 당한 일격으로 맞받아칠 생각이었다.

"이곳까지 오게 해서 죄송합니다, 공녀님."

"무슨 이유죠?"

로즈는 갑작스러운 호출을 받고 군사부에 와 있었다. 퉁명스러운 어조로 말을 했지만 눈동자는 일말의 의구심이 서려 있었다.

"공녀님께 부탁드린 것이 있어서 그렇습니다."

"부탁?"

"그렇습니다."

로즈에게 말을 하는 것은 다름 아닌 토릭슨이었다. 사적인 접점은 없지만 그의 주도로 일이 잘 풀렸기에 로즈는 기꺼이 응한 것이다.

"들어봐야 결정을 내릴 수 있을 것 같은데."

"어찌 보면 크게 부담이 될 수도 있는 것입니다. 음, 제가 원래 이렇게 말을 느리게 하는 사람이 아닌데 공녀님을 뵈니 조금 생각이 많아지는군요."

싱긋 웃음을 지어 보였지만 로즈는 아무런 반응을 보이지 않았다.

무안한 표정을 지은 토릭슨은 볼을 긁적이다가 곧장 본론으로 들어갔다.

"제가 알기로 공녀님께서는 주군과 비견되는 무위를 지니고 있다고 들었습니다."

"많이 부족해."

"그렇습니까? 어쨌든 그 무위가 클레디오 백작님과 비견될 정도라고 들었습니다. 아, 제가 말하고 싶은 건 그 성취가 아니라, 공녀님의 무위를 기문에 조금 빌려주실 수 없겠습니까?"

"빌려줘?"

"예, 유사시 가문에 침입자가 나타나면 공녀님의 도움이 필요합니다."

토릭슨이 부탁하고자 하는 건 그것이었다. 바로 티엘이 자리를 비웠을 때 누군가의 도움을 받는 것. 한 차례 드래곤의 침공이 있었기에 책사인 그로서는 최소한의 안전장치가 필요하다는 걸 느꼈다.

클레디오 백작도 도움을 주기로 했지만 수련광인 그는 긴급한 상황에 움직이기에 다소 굼뜬 모습을 보였다.

그래서 로즈라는 강자에게 약속을 받아 불안요소를 지워 낼 생각이었다.

"도움이라……."

토릭슨이 무슨 의도로 말을 하는지 알아차린 로즈였다. 하지만 그의 제안에 대해서는 쉽게 수락을 하지 않았다.

[한 번 튕기면 된답니다.]

율리아의 조언이 들리기 무섭게 로즈가 반문했다.

"내게 무슨 도움이 되지?"

"주군에 대한 정보가 부족하지 않으십니까?"

"…무슨 의미지?"

"오랜 시간 주군을 모셔오면서 많은 정보를 얻게 되었습니다. 그것은 주군의 성향뿐만이 아니라 취향에 관한 것들도 있지요."

의미심장한 미소를 지은 토릭슨이 로즈에게 자신이 알고 있는 것 몇 가지를 언급했다. 티엘이 좋아하는 행동 양식과 여성 취향에 대한 것도 있었다.

"도움을 주신다면 작지만 이 정보들을 엮은 책을 드리겠습니다."

토릭슨이 품속에서 꺼내 든 것은 작은 책이었다. 그리고 로즈는 앞면에 적힌 내용을 놓치지 않았다. 그곳에는 〈로운 후작의 모든 것〉이라는 제목이 유려한 필체로 적혀 있었다.

쐐액!

섬광을 방불케 하는 움직임으로 책을 낚아채려고 했지만 이미 그것은 토릭슨의 품속에 들어가 있었다.

"어떻게 하시겠습니까?"

"약속하면 그 책을 받을 수 있는 건가?"

"예, 이 책으로 주군을 꼬실 수 있다는 확언은 할 수 없습니다. 하지만 주군과 대화를 나눔에 있어 큰 도움이 된다는 건 약속드립니다."

"……."

로즈는 격렬한 갈등에 휩싸였다. 그리고 머릿속에서는 율리아가 연신 소리를 지르고 있었다.

[로즈! 당신의 미모면 충분해요. 저 유혹에 넘어가면 안 돼요.]

'내 미모로 충분하다고 했지만 결국 실패를 했잖아? 그건 어떻게 책임질 건데.'

[그, 그건…….]

압도적인 미모면 어떤 남자라도 유혹할 수 있다고 한 것이 율리아였다. 하지만 결과는 대실패였기에 자연히 궁색해질 수밖에 없었다.

"받아들이겠어."

"현명한 결단입니다."

미소 지은 토릭슨이 책을 내밀었다.

마치 보물처럼 받아드는 로즈와 원하는 바를 달성한 토릭슨.

둘 모두 승자였다.

제6장
천황 미델쿠스

남쪽의 로운 후작가가 움직이기 무섭게, 히드로 2세도 군을 움직여 레디븐 백작을 압박해 나갔다.

양측 모두 자신의 전력을 쏟아부어 군을 동원했고, 레디븐 백작도 요충지에 집결시킴으로써 전운이 제국 전역을 휘감았다.

이러한 긴장감이 고조됨에 따라 제국 각지도 혼란에 휩싸였으나, 로운 후작가는 이러한 분위기와는 다소 다른 것이 맴돌았다.

"이곳으로 불러서 미안해요, 언니."

"괜찮아."

사과하는 카롤리나와 부드럽게 미소 지으며 밀을 받는 로웰린이었다.

"고마워, 크레티아."

"여기까지 오는 건 어렵지 않은데. 그런데 무슨 하고 싶은 말이 있는 건데?"

티엘의 부인 셋이 모인 것은 카롤리나의 초대로 인해서다. 자세한 영문을 밝히지 않았지만 기꺼이 와준 둘에게 감사의 인사를 표한 카롤리나는 잠시 머뭇거리는 모습을 보이다가 말문을 열었다.

"실은 로즈 문제 때문에 초대했어요. 어떤 의견을 가지고 있는지 듣고 싶어서."

"그것 때문에?"

"응, 모든 결정은 후작님이 하겠지만 우리 사이에도 어느 정도 의견 교환이 필요한 것 같아서. 참고로 말하면 오늘 이 자리는 로즈가 말을 해서가 아니야. 그냥 부인들인 우리의 의견이 어느 정도 정리가 될 필요가 있는 것 같아서."

카롤리나의 말에 크레티아가 고개를 끄덕이며 로웰린을 바라보았다.

"언니는 어때요?"

"솔직한 심정을 말해야 하는 거지?"

"그럼 좋죠."

"더 이상 누군가가 들어오는·건 반대지만, 한편으로는 찬성이야."

"엑! 그게 뭐예요."

불분명한 대답에 크레티아가 표정을 찌푸렸다. 그에 개의치 않고 로웰린의 시선이 카롤리나에게 향했다.

"내가 사랑하는 남자를 다른 여자랑 나누는 게 좋을 리가 없잖아. 하지만 로즈 공녀가 하는 노력을 보면 나도 모르게 응원하게 돼. 그래서 찬성과 반대 사이에서 고민을 하다가 결정을 내렸어. 그녀의 사랑을 응원하기로. 단지 이것만으로 결정이 나는 건 아무것도 없겠지만 내 생각은 그래."

"고마워요, 언니."

카롤리나가 감사의 인사를 건넸지만 로웰린은 고개를 저어보였다.

"말 그대로 응원만 할 뿐이야. 내가 도와줄 수 있는 건 아무것도 없어. 모든 일은 로즈 공녀가 자신의 역량으로 해내야 해."

"그것만으로도 큰 도움이 돼요. 언니의 결정이 로즈에게 많은 용기를 줄 거예요. 정말 고마워요, 제 경우에도 그렇고, 로즈도 그렇고."

"그게 모두에게 좋다고 여겼을 뿐이야."

"뭐야, 왜 나는 배제하고 둘이서 즐겁게 대화를 나누는 건데?"

둘이서 화기애애한 걸 본 크레티아가 나섰지만 이어지는 카롤리나의 말에 황당한 표정을 지었다.

"크레티아는 찬성이잖아."

"어, 어?"

어떻게 알았냐는 표정에 카롤리나가 피식 웃으며 대답했다.

"네 성격상 마음에 안 들면 이렇게 차분하게 있을 리 없잖아. 아무런 반응도 보이지 않는 걸 보면서 찬성하고 있구나 생각했어."

"이, 이런! 나도 뜸 좀 들이면서 무게감 있게 허락할 생각이었는데!"

자신의 생각을 완전히 읽힌 크레티아가 두 손으로 머리를 감싸며 절규했다.

"솔직히 반대할 줄 알았어. 왜 마음을 바꿨는지 물어봐도 돼?"

"뭐, 간단해. 로즈 공녀랑 친하지 않지만 그동안 보인 노력이 대단하다고 생각했어. 내가 만약 로즈 공녀 입장이라면? 이렇게 생각하니까 난 그렇게 매달릴 용기가 나지 않더라고. 그러다 보니 응원하게 됐어. 이 정도 열정을 지닌 여자라면 괜찮겠구나, 하고. 뭐 말하다 보니 로웰린 언니랑 비슷하게 흘러갔는데 내 생각이기도 해."

"그래⋯⋯."

로웰린과 크레티아 모두에게 허락을 빌은 카를리니는 안도의 한숨을 내쉬었다.

내부에 분란이 많게 되면 로즈가 아무리 티엘의 허락을 얻어도 복잡하게 꼬일 수밖에 없다. 그걸 염려해서 자리를 만들었지만 여태까지 고민한 게 억울할 정도로 수월하게 해결되었다.

"어차피 나랑 언니가 허락해도 바뀌는 건 없을걸? 후작님의 고집이 얼마나 대단한데. 우리가 그걸 꺾느라 고생한 걸 생각하면. 안 그래요, 언니?"

"맞아."

당시를 떠올린 로웰린도 미소를 지으며 고개를 끄덕였다.

"그래도 고마운 건 고마운 거죠. 로즈도 많은 힘을 얻을 거예요."

"잘해보라고 해. 뒤에서 조용히 응원할 테니까."

"응."

크레티아의 말에 카롤리나는 고개를 끄덕였다.

"슬슬 천족 녀석들이 움직이기 시작하는군."

카이트론의 말에 켈그라인의 고개가 클로라이네를 향했다.

"어떻게 하시겠습니까?"

"저들이 움직인다면 우리도 움직이면 돼. 복잡하게 생각할 필요 없어."

"하지만 함정일 가능성이 높습니다. 조금 고려를 해보는 것이……."

켈그라인이 우려를 드러냈지만 클로라이네가 고개를 저어 보였다.

"천황도 느끼고 있을 거야. 더 이상 동족을 불러내기 힘들다는 것을. 이미 천족과 마족의 대표가 우리라는 게 정해진 이상, 남은 건 충돌하는 것밖에 없어."

"전면전입니까?"

"맞아."

클로라이네의 대답에 세 마왕의 얼굴에 짙은 미소가 드리웠다.

아무런 계책 없이 순수하게 힘과 힘으로 충돌하는 것이 그들이 가장 좋아하는 전투 방법이다.

당당하게 힘으로 모든 걸 쟁취하는 것이 마족의 삶이다. 그런 만큼 이렇게 만들어진 상황 자체가 즐거울 수밖에 없었다.

"그 인간 녀석은 어떻게 하실 겁니까?"

슈크라인이 티엘을 언급하며 물어왔다.

"든든한 우군으로 이용할 생각이야. 그만한 힘을 지닌 이가 없으니까."

"설마 인간을 믿는 것입니까?"

"단지 이용하는 것뿐, 필요 이상의 의미 부여는 곤란해."

"예……"

"현재 천족은 천황 하나와 천왕 넷이 있어. 우리가 부족한 전력인만큼 인간의 협력이 있으면 우위를 점할 수 있어. 굳이 그 판을 깰 이유는 없고."

"……"

차분하게 설명을 해줬지만 슈크라인의 얼굴에는 불만의 기색이 서려 있었다.

"그게 싫으면 마계로 돌아가도 좋아."

"아, 아닙니다. 명령을 받들겠습니다."

이대로 마계에 돌아가면 어딜 가나 패잔병 취급을 받게 될 것이다.

전마왕인 그의 위명에 그런 흠집은 존재 자체를 묵살하게 만드는 가장 치욕적인 상황이 될 것이다.

"얼마 남지 않았어. 충돌이 일어나면 중간계는 우리의 승리를 위한 전장이 될 거야."

전의가 가득 담긴 그녀의 말에 모든 마왕이 미소를 지어 보였다.

"드래곤과 천족이?"

제스피아리스의 말을 들은 티엘은 뜻밖이라는 표정을 지었다.

"네, 확실하지 않다고 하지만 이 추세면 손을 잡을 수 있다고 생각해요."

"예상치 못한 조합이긴 한데……."

중간계의 수호자인 드래곤과 침략자인 천족의 조합이 어떻게 이루어질 수 있을지 쉬이 생각하기 힘들었다. 하지만 이면을 들여다보면 그럴 수도 있다는 데 생각이 미쳤다.

"하긴, 저들 입장에서는 마족과 긴밀한 관계를 유지하는 것 자체가 불안하게 여겨졌을지도."

"이대로 지켜볼 생각인가요?"

"그래야겠지. 달라지는 게 있나?"

"드래곤이 천족과 손을 잡는 일이라고요. 이건 전쟁 자체가 불리하게 돌아갈 수도 있어요!"

베레아스의 방문 이후, 제스피아리스는 그 고민으로 인해 제대로 된 휴식을 취할 수 없었다.

이대로 천족의 농간에 드래곤이 움직이는 걸 두고 볼 수 없었다. 고민 끝에 티엘의 도움을 받고자 나섰지만 그도 미온적인 반응만 보였다.

"멍청하긴 하지만 드래곤이 자기 본분을 망각할 거라 생각하나?"

"본분이요? 중간계를 지키는 것 말이고?"

"맞다. 오만하고 멍청하긴 해도 드래곤들은 기본적으로 중간계를 지키기 위한 인식이 깔려 있지. 그런 상황에서 천족과 마족이 중간계에 강림한 이상, 확실한 방법을 선택할 수밖에 없다."

그 전제 중 하나가 티엘과 마족의 연합이었다.

이미 그의 힘을 보았기에 두 세력의 연합은 중간계의 심각한 위협으로 받아들였다.

"그걸 견제하기 위한 협력이지, 드래곤이 순순히 천족들이 날뛰게 두지 않겠지."

"어려운 문제네요."

"어려울 것 없다. 이미 여러 차례 있어 왔던 일이니까. 다만 능동적으로 상황을 파악하지 않고 이리저리 휘둘리면 입는 피해는 커질 수밖에 없지."

"저도 그게 싫어요. 왜 적극적으로 움직이지 않죠? 그럼 동족들의 피해도 줄어들 텐데."

제스피아리스가 가장 답답하게 여기는 요소가 바로 그것이다.

조금만 부지런하면 선택권은 드래곤에게 주어지고 지금 같은 상황에 직면하시 않게 되었을 것이다.

"그걸 나한테 물어서는 곤란하지. 한 가지 분명한 건 능동적인 드래곤이 나타나 드래곤들의 체질을 개선시키면 된다."

"누가요?"

"바로 너."

"제, 제가요?"

얼마나 황당했던지 그녀의 두 눈이 놀라움으로 가득 채워졌다.

"수동적인 드래곤의 움직임이 얼마나 위험한 것인지 직접 지켜보고 있지. 그런 상황에서 능동적인 게 중요한지 확인을 했으니 체질 개선을 해줄 인원으로 적합하지 않나?"

"저는 아직 멀었어요."

"그러니 이번 경험을 요긴하게 사용하도록. 나중에 드래곤 로드가 된다면 차츰 드래곤의 게으른 체질을 개선시킬 수 있을 테니까."

"하아! 노력은 해볼게요."

한숨을 푹 내쉰 제스피아리스는 고개를 절레절레 저으며 자리에서 일어났다.

자신이 드래곤 로드라니. 여태까지 드래곤 로드가 가장 적게 배출된 곳이 바로 그린 드래곤이었다. 자연을 사랑하고 현명하지만 그 강함이 다른 드래곤보다 떨어졌기 때문이다.

"강자들 사이에 있어서 아직 자신이 얼마나 강해졌는지 모르는 건가? 능동적인 사고 하나만으로도 드래곤은 무한한 가능성을 열게 된다는걸."

이미 동급의 드래곤보다 훨씬 더 강해지고 있는 제스피아리스였지만 티엘은 굳이 언급하지 않았다.

회의가 열려도 참여율이 저조하기 그지없던 드래곤 회의는 연일 열리며 치열한 의견 공방이 오가고 있었다.

최근 가장 화두가 되었던 것이 티엘이라는 인간이었다면 요즘은 천족이었다.

천왕 예리얼의 방문 이후, 드래곤들은 천족과 협력해야 한다는 말로 치열한 격론을 주고받고 있었다.

중간계에 강림해서 전장으로 이용하려는 저들을 용서할 수 없다고 주장하는 어린 드래곤들과 마족, 티엘로 이어지는 연합을 견제하고자 하는 고룡의 찬성으로 나뉘어 치열한 대립이 이어졌다.

"……."

카스피스는 두 갈래로 나뉜 의견 어느 쪽도 손을 들어주지 않았다.

둘 모두 타당하고, 각기 장단점이 있던 것이다.

가장 분명한 것은 선택권이 드래곤에게 주어져 있고, 굳이 빠르게 결정을 내려 몸값을 내릴 필요가 없다는 점에 있었다.

하지만 그 의도도 한 줄기 빛이 파고드는 순간, 산산이 깨져갔다.

"이곳인가."

강렬한 후광을 뿌리며 드러낸 이는 일전에 보았던 예리얼과 비교도 되지 않는 거대한 힘을 간직하고 있었다.

그것만으로 그의 정체를 알아보는 것은 그리 어렵지 않았다.

"…천황."

"천황 미델쿠스다. 반갑다, 중간계의 수호자들."

미소를 지으며 자기소개를 하자 무거운 침묵이 장내에 자리했다.

"예리얼이 방문해서 협력을 요청했다고 하는데 답이 나오지 않더군."

"안 그래도 의견을 나누는 중이었소."

천황은 신에 가장 근접한 존재였기에 카스피스는 정중하게 대답했다.

"의견 교환이 길어질 이유가 있나? 우리는 사악한 마족들을 제거하기 위해 왔고, 드래곤들은 당연히 우리와 협력을 할 거라 생각을 했는데."

"세상의 일이 천황의 뜻대로 흘러가면 좋겠지만 우리 입장에서 마족과 천족 모두 크게 다르지 않다는 걸 알아야 할 것이오."

"음, 그렇게 생각하나? 아무래도 마족들의 현혹에 드래곤도 휘둘리고 있나 보군."

"지금 그게 무슨 뜻이냐!"

도발 섞인 말에 반응한 건 베르니스였다. 사나운 기세를 풀풀 풍기는 그는 당장 미델쿠스에게 달려들 것처럼 몸을 들썩였다.

"위선을 뒤집어쓴 천족 녀석이 중간계에서 드래곤을 조롱하는 것이냐?"

"우리가 위선적이라는 편견을 퍼뜨린 건 마족이지. 방금 전 드래곤 로드가 그렇게 언급했다는 건 마족의 방식에 물들었다는 걸 의미한다. 안 그래도 드래곤의 협력을 재촉할 생각이었는데 생각을 달리해야겠군."

"달리해야겠다는 건?"

"마족의 사악한 잔재를 뿌리 뽑겠다는 의미다."

베르니스는 뭐라 말을 더 하려고 했지만 멈칫할 수밖에 없었다. 미델쿠스의 전신을 휘감은 빛이 더 강렬해지면서 본능에 심각한 경종이 울려 퍼졌던 것이다.

여전히 침착함을 유지하던 카스피스가 반문했다.

"그걸 어떻게 뽑을 생각이오?"

"간단하다. 우리와 함께 마족을 토벌하면 된다. 그 속에서 그들이 지닌 사악함을 보고, 통렬하게 반성해라. 그럼 마음의 사악한 잔재가 사라질 것이다."

궤변에 가까운 말이었지만 말을 하는 미델쿠스의 얼굴에는 진심이 가득했다.

"드래곤의 결정은 무엇인가."

"만약 거절하면?"

"지금 당장 정화 작업을 시작하겠다."

파앗!

네 줄기 빛이 등장하면서 미델쿠스 뒤로 네 명의 천왕이 모습을 드러냈다.

그가 말한 정화 작업이 무엇인지 알아차리는 건 어렵지 않았다.

드래곤들은 격렬하게 분노했다. 당장 전력으로 용언을 시전하여 천왕을 공격할 것처럼 몸을 들썩였다.

"천족의 제안을 받아들이겠소."

"로드!"

드래곤들이 목소리를 높였지만 카스피스가 단호하게 말했다.

"모두 조용히! 우리 드래곤은 천족의 제안을 받아들여 마족을 소탕하는 데 최선을 다할 것이오."

"현명한 판단이로군."

입꼬리를 말아 올린 미델쿠스는 카스피스의 판단을 칭찬했다.

하지만 지켜보는 드래곤들의 표정은 결코 밝지 못했다.

방금 전 말은 마치 하수인에게 하는 태도였기 때문이다.

지금 느끼는 굴욕은 드래곤들에게 잊을 수 없는 순간이었다.

"…그래서 언니랑 나, 크레티아는 로즈를 응원하기로 했어. 그러니 좀 더 용기를 가지고 행동을 했으면 해."

여인들의 의견을 합친 카롤리나는 로즈에게 이 사실을 전달했다.

"고마워, 기뻐."

하지만 대답하는 로즈의 표정에는 별다른 변화가 없었다. 애써 로웰린과 크레티아를 설득했던 카롤리나는 맥이 빠지는 걸 느끼며 반문했다.

"기쁜 것 맞아? 표정은 전혀 기뻐 보이지 않는데."

"표정 변화가 없어서 그래. 마음은 기뻐."

[후후후, 이미 다 잡았다고 생각하는데 괜한 일을 했다고 생각하는 건 아닌가요?]

율리아의 비웃음이 울려 퍼졌지만 로즈는 개의치 않았다.

"나도 많이 준비하고 있어."

"어떤 준비? 너도 잘 알고 있겠지만 후작님을 설득하려면 보통 쉬운 일이 아닐 텐데."

"여러 가지로. 전에는 어렵게 느껴졌지만 이제는 달라."

로즈가 지닌 자신감의 근원에는 바로 토릭슨이 건네준 책이 있었다.

그곳에는 티엘의 취향에 대해 상세하게 적혀 있었는데, 차를 좋아하고 어머니와 여동생의 말을 잘 들어준다는 것이 서술되어 있었다. 그리고 가장 중요한 여성 취향에 관한 것도 알아냈다.

"뭔가 알아낸 것 같으니 뒤에서 응원할게. 후작님은 너무 매달리는 것도 좋아하지 않으니 잘해보도록 해."

"고마워."

큰 도움이 아니더라도 부인들에게 양해를 구해줬다는 것 자체가 고마웠다. 자리에서 일어난 로즈가 카롤리나를 꼭 안아주었다.

'이제 실전만 남았어.'

[쯧쯧쯧!]

책 한 권으로 티엘을 다 꼬신 것처럼 구는 로즈의 행동에 율리아는 혀를 찼다.

와아아아!

레디븐 백작군이 함성을 지르며 공격을 해왔지만 성벽에 의지한 로운 후작군은 철봉같이 들어막으며 화살비를 퍼부었다.

화살이 적중할 때마다 비명 소리가 터져 나오며 고꾸라졌고, 그 뒤로 밀려드는 병사들이 어떻게든 화살을 피하려고 애를 썼다.

"……."

셰어드 요새를 지키는 마블론의 눈은 냉정하게 가라앉아 있었다. 병사의 숫자는 레디븐 백작군이 훨씬 많았지만 성벽에 주둔하고 있는 자신들의 상황이 훨씬 더 유리했다.

"무슨 생각을 하는 건지 모르겠군."

"저도 비슷합니다. 레디븐 백작이 이렇게 멍청한 것 같지는 않은데요."

곁에 있던 그윈이 맞장구를 쳤다. 병사 숫자가 많다고 하더라도 황도로 통하는 관문인 셰어드 요새는 그렇게 호락호락한 곳이 아님을 잘 알고 있던 것이다.

적의 공세는 매서웠지만 철저하게 준비한 로운 후작군은 수월하게 막아냈다.

전황이 급속도로 자신들에게 기우는 것을 본 마블론이 자리에서 일어났다.

"이대로 방어에 전념하도록."

"알겠습니다."

지휘권을 넘겨받은 그윈이 총사령관 대행으로 나섰다.

절대강자에 올라선 뒤, 마블론은 매일 고된 수련을 하며 자기 자신을 채찍질했다.

예전이라면 절대강자에 올라선 것만으로 만족하며 의례적인 수련을 했겠지만 자신이 오른 경지가 끝이 아니라는 걸 알게 된 이후, 전보다 더욱 혹독하게 자기 자신을 몰아치고는 했다.

더 강해지고, 더 위대한 검사가 되고 싶다. 비록 그 명성이 주군인 로운 후작이나 클레디오 백작에 미치지 못하더라도 그들에 준하는 만큼의 실력을 쌓고 싶었다.

와아아아아!

"…이건?"

편한 옷으로 갈아입고 수련을 시작하려던 마블론은 별안간 울려 퍼지는 함성 소리에 멈칫했다. 아군이 사기가 올라지르는 함성 소리가 아니라는 걸 본능적으로 알아차린 것이다.

다시 갑옷을 차려입고 쏜살같이 함성의 진원지로 향한 그는 볼 수 있었다.

위태롭게 흔들리며 당장에라도 쓰러질 것 같은 그원의 모습을 말이다.

그 사이로 레디브 백작군이 하나둘씩 성벽을 올라오고 있었다.

쐐액!

마블론이 날린 검이 허공을 가르며 그원을 밀어붙이던 이에게 쇄도했다.

꽈앙!

강렬한 폭음이 울려 퍼지면서 뒤로 밀려난 그는 아름다운 외모의 천사였다.

"천족."

낮게 가라앉은 목소리에 천족은 입꼬리를 말아 올리며 말했다.

"제법 재미있는 인간이었는데 더 흥미를 돋우는 인간이 나타났네."

"천황의 수하인가."

"내 이름은 카일리. 위대한 천황 미델쿠스 님을 모시는 상급 천사야."

파아앗!

강렬한 빛이 카일리를 중심으로 퍼져 나갔다. 동시에 날카로운 기운이 사방에서 쇄도했는데, 순간적으로 시야가 제한

되었음에도 마블론의 검이 허공을 뒤덮었다.

까강! 깡! 깡!

"놀라운데? 헉!"

여유롭게 말을 하던 카일리의 입에서 경악성이 터져 나왔다. 단숨에 공간을 격한 그의 검이 가슴 언저리를 훑고 지나갔던 것이다.

"너……."

카일리가 이를 갈면서 노려보았지만 기선을 제압한 마블론의 검은 매섭게 휘둘러졌다.

"약하군. 상급 천사도 별것 아니야."

티엘의 검은 더욱 신출귀몰했으며, 클레디오 백작의 검은 매서웠다. 상급 천사의 무위도 강했지만 힘에만 의존하는 공격을 흘려내는 건 간단한 일이었다.

파앙!

검은 허공을 갈랐지만 오러의 여파가 만들어낸 칼날은 카일리의 날개를 사정없이 헤집었다.

"으으으!"

신음을 흘리며 뒤로 물러나려고 했지만 그마저도 허락하지 않았다.

물러서기 무섭게 따라붙은 그의 검이 허공을 긋는 순간, 순백의 빛이 뿜어졌다.

"너, 너 인간이……!"

"가라."

단숨에 검을 휘두르니, 카일리의 몸이 반으로 나뉘어 빛에 휩싸이며 소멸되었다. 상급 천사도 그의 검을 견뎌내지 못한 것이다.

"무사한가, 그윈?"

"후욱! 후우! 죽는 줄 알았습니다. 저 죽이려고 늦게 오신 거죠?"

"엄살 피우는 걸 보니 아직 무사한가 보군."

피식 웃으며 입꼬리를 말아 올린 마블론이 검을 치켜들었다. 빛의 공격을 구사하며 압도적인 무위를 뽐내던 상급 천사가 소멸되자, 로운 후작군에게서 함성이 터져 나왔다.

와아아아!

그다음은 일방적인 공세였다.

믿고 있던 상급 천사를 잃은 레디븐 백작군은 위축되어 후퇴하기 급급했고, 그 뒤를 쫓은 로운 후작군은 대승을 거둘 수 있었다.

레디븐 백작군을 무찌르는 데 성공했지만 며칠이 지나자, 대대적으로 군이 증원되면서 다시 진격을 시작했다.

이미 한 차례 상급 천사를 동원한 적 있었기에 마블론은 방심하지 않았다. 그리고 그가 지휘부에 나서기 무섭게, 한 줄기 빛이 솟구치더니 그대로 그 앞에 모습을 드러냈다.

"네가 카일리를 제거한 인간인가?"

말을 하는 천족은 카일리처럼 요란한 날개가 없는 인간의 형상을 하고 있었다. 하지만 풍기는 기세는 차원을 달리하고 있었다.

"…천왕?"

"제대로 알아보는군."

"이제 천왕까지 나서는군."

상급 천사는 어렵지 않게 소멸시켰지만 천왕은 이야기가 달랐다. 그 괴물 같은 클레디오 백작마저 감당하지 못했던 존재였다.

자신이 감당할 수 있을지 계산을 해봤지만 결과는 아니었다.

천왕은 인간의 범주로 상대할 수 있는 존재가 아니었다.

"아쉽게도 오늘은 날이 아니로군."

"그렇게 말한다고 해도 달라지는 건 없다."

피식 웃은 천왕이 손을 들어 공격을 하려고 했지만 뜻을 이룰 수 없었다.

공간 너머로 파고든 한 자루의 검이 미간을 향해 날아온 것이다.

쩌어어엉!

손을 휘둘러 막아냈지만 둔중한 충격이 전해지는 순간, 천왕의 몸이 뒤로 주르륵 밀려났다.

"네놈은 아니지만 과거의 굴욕을 다시 갚을 수 있게 되었군."

낮게 깔린 목소리 너머로 등장한 것은 클레디오 백작이었다. 만약의 상황에 대비해서 은밀하게 셰어드 요새로 간 그가 천왕이 나타나기 무섭게 모습을 드러낸 것이다.

한 차례 일격을 허용한 천왕은 저릿한 손을 부여잡고 클레디오 백작을 바라보았다.

은은한 검은 기운을 발산하고 있는 모습을 보면 인간이라는 생각은 들지 않았다.

"넌… 인간인가?"

"인간? 그래, 인간이었지. 얼마 전까지는."

쩌앙!

그 말을 끝으로 클레디오 백작의 검이 휘둘러졌다. 검은 기류를 동반한 공격은 마치 의지가 있는 것처럼 움직여서 천왕의 뒤를 쫓았다.

"네놈은 마족이구나!"

"좋을 대로 생각해라, 천왕!"

집요하게 따라붙은 클레디오 백작의 공격이 허공을 뒤덮었다.

마블론이 상급 천사와 마주치고 전투를 치렀다는 소식이
전해졌다. 하지만 상급 천사로 상황이 끝나지 않음을 티엘은
잘 알고 있었다.

"이제 슬슬 숨 가쁘게 돌아가고 있군."

상급 천사를 제거했으니 그다음 모습을 드러낼 것이 누구
인지 뻔했다. 최상급 천사로도 확신을 얻지 못한 이상, 남은
것은 천왕이다.

"녀석이 잘할지 모르겠군."

흑룡왕의 힘을 온전히 흡수한 클레디오 백작이 천왕을 제
압할 수 있을지 여부는 티엘도 확신하지 못했다.

마왕의 힘과 천왕의 힘은 대등했으니 남은 것은 그의 성취
에 따라 달라지는 것밖에 없었던 것이다.

똑똑똑!

다음 상황을 구상하던 티엘은 노크 소리에 들어오라고 했
다. 그리고 제스피아리스가 모습을 드러내자 의아한 표정을
지어 보였다.

"손님은 왜 데려왔지?"

"당신을 설득하려고요."

제스피아리스가 데려온 것은 다름 아닌 베레아스였다.

레드 드래곤 최고룡인 그는 모든 드래곤의 정신적인 지주

였다. 티엘은 그를 데려온 것이 자신이 했던 말과 연관이 있음을 눈치챌 수 있었다.

"오랜만은 아니군. 안 그런가?"

"하고 싶은 말이 있으면 어서 하고 돌아가시길."

"허허! 손님 대접이 너무 야박하지 않은가."

문전박대를 당할 뻔했는데도 뻔뻔하게 웃으면서 자리에 앉는 걸 보고 고개를 저은 티엘은 하녀를 불러 먹을 것을 내오도록 했다.

그리고 괜히 긁어 부스럼을 만든 제스피아리스에게 시선을 돌렸다.

"그래서 하고 싶은 말은?"

"지금 돌아가고 있는 상황에 대해서 말해주려고요. 더 이상 묵과하다가는 중간계에 큰 일이 벌어질 거예요."

제스피아리스가 보내는 압박에 베레아스는 가볍게 한숨을 내쉬며 말했다.

"후우! 지금 드래곤 사회가 어떻게 돌아가고 있는지 아는가? 얼마 전 방문한 천황에게 꿈쩍도 하지 못하고 협력을 약속해 버렸네. 중간계의 수호자인 우리 드래곤이 천족의 말을 듣게 된 것이지."

"그게 무슨 상관입니까."

"드래곤이 천족과 협력을 하는 게 작은 일이라고 생각하는

가? 이는 자칫 잘못하면 중간계를 멸망으로 몰아넣을 수 있는 사안이야."

한결 높아진 베레아스의 목소리에도 불구하고 티엘은 조용히 고개를 저어 보일 뿐이었다.

"무슨 의미인가?"

"간단히 말하자면, 드래곤이 천족과 협력한 것이 왜 중간계를 멸망에 넣을 수 있는 결정인지 모르겠습니다. 언제부터 드래곤이 중간계의 멸망을 좌지우지할 수 있게 되었다고 생각하는 것입니까."

"……."

노골적인 도발에 베레아스는 물론, 제스피아리스도 입을 다물었다.

지금 그는 드래곤에게 그럴 역량이 없다고 말하는 것과 다르지 않았던 것이다.

"자네는… 우리 드래곤의 결정이 그 정도 영향도 끼치지 못한다고 보는가?"

"예."

"허허! 사안이 급해지는 것 같아 제스피아리스의 말을 받아들였는데 아무래도 내 생각이 잘못되었나 보군."

최고룡이고, 오랜 세월 살아왔지만 그도 티엘이란 인간을 이해하는 것은 불가능한 일이었다.

고개를 좌우로 젓는 모습을 보며 티엘이 말했다.

"어차피 드래곤의 결정이 미치는 영향은 없을 것입니다. 우리가 상대할 적은 천족이고, 드래곤의 성향상 움직임은 늦을 수밖에 없지요."

"단지 그것뿐인가?"

"물론 몇 가지 변수를 만들어낼 수도 있겠지만, 드래곤들은 자신의 결정에 책임을 져야 할 것입니다."

"책임이라……."

"스스로 중간계의 수호자라 칭하고, 존재만으로 모든 특권을 누린 것이 드래곤이지요. 그들이 결정한 미래를 직접 겪어보는 것도 합리적인 결정 아닙니까?"

"……."

환하게 웃음을 짓는 티엘을 보며 베레아스는 아무 말도 할 수 없었다.

드래곤이 결정한 미래.

그것이 무엇인지 몰라도 이대로 흘러가서는 안 된다는 걸 느꼈던 것이다.

"당장의 위협에 굴복하고 천족에게 협력한 이상, 전장에서 만나면 손속에 정을 두지 않을 것입니다. 스스로 판단하지 못하고 누군가에게 끌려가는 수호자 따위는 사라지는 게 좋지요."

"잠깐 기다려 보게."

"즐거운 마음으로 마주하는 그 순간을 기다려 보겠습니다. 이제 그만 나가줬으면 좋겠습니다."

단호한 티엘의 말에 베레아스는 뭐라고 더 말을 할 수 없었다.

고개를 절레절레 저은 그는 씁쓸한 미소를 지으며 자리에서 일어났다.

"꼭 이래야 하나요?"

제스피아리스는 간절함을 담아 말을 했지만 티엘의 대답은 냉정했다.

"처음부터 드래곤은 안중에도 없었어. 천족의 위선을 알아보지 못하고 진창에 뛰어들겠다면 소원대로 해주는 수밖에 없겠지."

"정녕 드래곤에게 이렇게 대해야겠어요?"

"내가 원하는 건 중간계의 평화지, 드래곤이 아름답게 살 수 있는 세상이 아니다, 제스피아리스."

"후우! 알겠어요. 하지만 잘못된 결정을 되돌릴 수 있다고 생각해요. 제가 노력해 볼게요."

"그렇게 말해도 내 결정은 똑같다. 전장에서 마주한 순간, 드래곤은 중간계의 수호자가 아니라 적이다. 손속에 정을 두지 않고 깔끔하게 정리를 해주지."

"설사 저라고 해도 말인가요?"

스스로를 방패 삼아 말을 하는 제스피아리스였다. 말을 하는 순간 아자하니 두 눈이 기세게 흔들렸지만 티엔의 대답은 거침이 없었다.

"물론."

"…냉정한 그 말, 새겨두도록 하죠."

제아무리 자신이 뭐라고 해도 바뀌는 것은 없었다.

어리석은 결정을 내린 드래곤과 그동안 조금 친해졌다고 생각했지만 가차 없는 티엘의 태도에 제스피아리스는 헤아릴 수 없는 섭섭함을 느껴야만 했다.

"후욱! 후우! 아직 부족한가."

클레디오 백작은 거칠게 숨을 몰아쉬며 앞에 있는 천왕을 노려보았다.

아직 깔끔한 신색을 유지하고 있지만 거의 다 잡았다는 느낌이 전해졌다. 그리고 그의 예상대로, 천왕도 상당히 지친 얼굴로 클레디오 백작을 노려보았다.

"인간이 이 정도라니……."

우세를 점한 것은 자신이었다. 하지만 결정적인 공격을 할 때 피해내면서 끊임없이 달라붙었다.

자신이 더 강했지만 상대는 더 끈질기고 약점만 파고들었다. 그 결과 망신창이가 되었지만 겉모습과 달리 속은 멀쩡했다.

"이제야 재미있어지는군."

"……."

입꼬리를 말아 올리는 클레디오 백작을 보며 천왕은 질리는 것이 느껴졌다. 결정적인 한 방만 먹이면 쓰러뜨릴 수 있을 것 같았는데 귀신같이 알아차리고서 피해 버리니 말이다.

"확실하게 죽여……."

[그만, 철수한다.]

끝을 보려던 천왕은 머릿속에서 울려 퍼진 미델쿠스의 음성에 멈칫했다. 그리고 매섭게 클레디오 백작을 노려보다가 손을 내렸다.

"오늘은 그만 돌아가지. 하지만 다음에 볼 때 확실하게 제거해주겠다."

"무서워서 도망가는 걸 그렇게 포장할 필요는 없다, 천왕."

"크윽!"

이를 부득 간 천왕의 몸이 허공에 떠오르더니 그대로 자취를 감추었다.

제7장
마황과 천황

파앗!

한 줄기 빛과 함께 모습을 드러낸 천왕, 로이스델은 불만 어린 표정을 감추지 못한 채 미델쿠스에게 말했다.

"다 잡은 적을 놓아주라고 하신 이유가 무엇입니까?"

"그게 불만인가, 로이스델?"

"천왕인 저와 비슷한 힘을 발휘하는 인간이었습니다. 이 기회에 확실하게 제거하는 것이 모두에게 최선이라고 생각했습니다."

"확실히 그렇게 생각할 수 있겠지. 하지만 그게 함정이라면?"

"…함정이라는 말입니까?"

"몇 가지 정황이 포착되었다. 그 인간의 무위도 그렇지만 마족과 긴밀한 협력을 맺고 있었지. 자칫 잘못해서 함정에 빠지면 너는 소멸의 길을 겪어야 한다. 그걸 모르지는 않겠지?"

"……."

로이스델의 입이 닫혔다. 본신의 힘을 온전히 지닌 채 돌아온 자신들은 타격을 입으면 고스란히 피해로 돌아온다. 그리고 소멸을 겪으면 이 세상에서 사라진다.

영생을 지닌 천황과 다르고, 본체가 천계에 있는 상급 천사와 다른 점이다.

"그 인간을 제거하기 위해 끝까지 나서려는 것 자체가 함정의 전초였다."

"제가 흥분했습니다, 죄송합니다."

"기회는 아직 많다. 기다리면 원하는 순간이 찾아올 테니 때를 조용히 기다리도록."

"예."

고개를 깊게 숙인 로이스델이 자리를 벗어났다. 그 모습을 지켜보던 미델쿠스는 입꼬리를 말아 올리며 중얼거렸다.

"아직 판이 만들어지지 않았는데 뒤엎어서는 안 되지. 안 되고말고."

좀 더 무르익을 그때가지 미델쿠스는 조용히 기다렸다.

"시작해야 하나."

천왕이 나섰다는 것은 슬슬 전쟁의 준비를 마쳤다는 이야기가 되있다.

그리고 조금 전 클로라이네에게 연락이 도착했다.

마왕들을 이끌고 본격적으로 천족과 겨루겠다는 소식이었다.

곧 벌어질 천마대전에서 이곳 중간계에 벌어지는 전초전은 어디가 우세를 점할지 판가름할 수 있는 중요한 전투였다. 그 속에서 변수가 되는 것이 바로 자신이라는 걸 모르지 않았다.

"마음 같아서는 서로 사이좋게 싸우도록 두고 싶지만."

이미 전생에 질릴 정도로 자주 전투를 치렀기에 그리 원치 않았다.

하지만 이대로 두고 보다가는 두 종족의 전투로 중간계가 멸망 직전까지 몰릴 수 있었기에 자신의 개입은 반드시 필요했다.

"뭐죠?"

제스피아리스가 뾰족한 목소리로 티엘을 맞이했다. 가볍게 어깨를 으쓱해 보인 그는 다른 것을 설명할 것도 없이 대답을 요구했다.

"결정은?"

"하아! 드래곤인 내가 매정하게 느낄 정도면 당신이라는 인간은 정말 문제가 있네요."

고개를 절레절레 저으면서 불만을 토로하는 그녀였다.

"제 결정은 당신을 따라다니기로 했어요. 대체 무엇 때문에 내게 그런 말을 하는 것인지, 무슨 이유로 우리 드래곤에게 유감이 많은지 말이에요."

"……."

티엘은 긍정도 부정도 하지 않았다.

"그럼 가지."

"설마……?"

멈칫한 제스피아리스가 의심 섞인 눈으로 바라보자 티엘이 반문했다.

"왜 그러지?"

"공간 이동 때문에 찾아온 건 아니겠죠?"

"아니다."

한 치의 망설임도 없이 대답하는 티엘이었다.

하지만 제스피아리스는 봤다. 대답하는 순간, 그의 눈이 흔들리는 것을. 엘프 같은 진실의 눈은 없지만 그 정도만으로도 상대의 진심을 파악하기에는 충분했다.

"정말이죠?"

"물론."

"아닌 것 같은데요?"

"네 결정을 들으려고 왔다."

"뭐 그린 필도 시죠."

픽 웃으며 어깨를 으쓱하는 모습에 티엘의 미간이 좁혀졌지만 그녀는 보지 못한 척 지나쳤다.

"안 가고 뭐해요?"

"무슨 생각을 하는지 대충 알겠지만 분명한 건 내가 그럴 거라 생각하지 말라는 점이다."

"뭘요? 난 무슨 말인지 모르겠는데."

능청스레 미소를 지어 보인 제스피아리스는 그대로 방을 벗어났다.

"드래곤의 적응력도 인간 못지않은 것 같군."

지금 저 모습을 보면 자신의 생각이 크게 틀리지 않은 듯했다.

"천왕을 상대해 보니 어떻지?"

천왕이 물러나면서 레디븐 백작군도 철수를 했기에 셰어드 요새에는 전투의 흔적만 희미하게 남아 있었다.

제스피아리스의 공간 이동으로 셰어드 요새에 모습을 드러낸 티엘은 클레디오 백작을 만나 질문을 던졌다.

"예전과 확연하게 다른 게 느껴지더군. 천왕과 겨뤄도 예전처럼 형편없이 무너질 것 같다는 생각이 들지 않았다."

"특별히 이상한 점은 없었고?"

"전혀. 다만 승부를 낼 생각이 있어 보였는데 누군가의 명령을 받고 돌아가는 것 같더군. 천왕에게 명령을 내릴 가능성이 있으면 하나밖에 없겠지."

"천황."

"맞다."

티엘의 대답에 클레디오 백작은 고개를 끄덕이며 미소를 지어 보였다.

"왜 물러난 거라 생각하지?"

"그걸 내가 고민해야 할 이유가 있나? 조용히 기다리면서 책사들이 머리 쓰게 만들면 될 텐데."

"딱히 틀린 말도 아니군."

머리 쓰는 일은 과감하게 책사들에게 미뤄 버리는 행동이 싫지는 않았다.

"천왕과 겨룰 정도로 성장했으니 쓸 만하다고 해줘야 하나?"

"아니, 아직 쓰러뜨린 것도 아니니 그런 칭찬은 듣고 싶지 않다. 정작 내가 가장 뛰어넘고 있는 녀석의 그림자는 밟지 못하고 있으니."

클레디오 백작의 눈은 처음부터 티엘에게 고정되어 떨어질 줄 몰랐다. 그것만 보아도 그가 목표로 하는 이가 누구인지 알아차리는 건 어렵지 않았다.

"널 보는 눈이 뜨거운 이유기 비로 그거였군."

"머지않은 시기가 될 거라고 생각한다."

"글쎄."

티엘은 묘한 미소를 지어 보인 뒤 아무런 말도 하지 않았다. 클레디오 백작의 생각을 딱히 바꿔줄 생각이 없다는 의미였다.

"지금 넌 전력을 발휘한 적이 있나?"

"그쪽의 생각은?"

"아직 없다고 생각한다."

그가 묻는 이유는 처음부터 목표가 천왕과 마왕이 아니라 티엘이기에 그렇다. 얼마나 강력한 힘을 지니고 있는지, 자신이 뛰어넘을 수 있는 존재인지 확인하고 싶어 하는 기색이 역력했다.

"정답."

"…역시. 아직은 정진해야 한다는 건가."

어느 순간부터인가 막연하게 강해지는 것보다 눈앞의 티엘을 뛰어넘고자 하는 의욕이 강해졌다. 그것이 쉽지 않다는 걸 알고 있었지만 그럴수록 클레디오 백작은 더욱 치열하게 수련에 매진할 수 있었다.

"곧 따라잡아주겠다. 기다리도록."

"그렇게 한가하지는 않아서. 쫓아오지 못하면 버리고 갈 뿐이다."

"열심히 뛰어주지."

"얼마든지."

자신에게 도전하는 이가 있는 것만으로 큰 자극이 된다. 입가에 미소를 지은 티엘은 가볍게 고개를 끄덕이는 것으로 클레디오 백작을 격려했다.

클레디오 백작과 대화를 끝냈지만 티엘은 회의실을 나서지 않았다. 곰곰이 생각에 잠겨 있던 그는 입가에 미소를 짓더니 입을 열었다.

"어서 와라."

스스슷!

검은 기류가 회의실 안을 파고들며 하나의 인영을 만들어 냈다. 그것은 가냘픈 여인의 형상을 이루더니 클로라이네가 모습을 드러냈다.

"내가 올 줄 알고 있었군."

담담하지만 흥미가 깃든 목소리로 티엘에게 말했다.

"그 정도 예상하는 건 어렵지 않지. 천황과 일전의 순간이다가오고 있으니."

"맞다. 천마대전이 임박한 지금, 중간계에서 먼저 결론을 내야 해."

"흰 그대도 그 부분에 대해서 하고 싶은 말이 있었는데 시기가 좋군."

티엘이 클로라이네와 손을 잡은 것은 거창하게 판을 벌이려는 것도 있지만 이후에 이어질 산발적인 마왕, 천왕의 강림을 방지하고자 하는 이유가 가장 컸다.

그러기 위해서는 천마대전의 여파가 중간계에 미치지 말아야 했다. 단 한 차례 큰 충돌로 피해를 최소화한 뒤, 저들끼리 전쟁을 치르도록 만드는 것이 최선이었다.

"아무런 대책도 없이 전투를 벌일 생각은 아니라고 믿고 싶다. 이대로 중간계 전체를 날려 버릴 각오를 하고 있는 건 아니겠지?"

"나도 그럴 생각이 없다. 중간계는 마계의 소중한 힘의 원천이니."

클로라이네 같은 마황에게 인간의 존재는 아무래도 상관이 없지만 대다수의 마족은 인간이 발산하는 마이너스 감정을 양분 삼아 힘을 길렀다.

황금 알을 얻고자 거위의 배를 가르는 어리석은 우를 범할리 없었다.

"그 부분에 중재를 하려고 하는데."

"이렇게 한다는 거지?"

"일단 여파가 발생할 때 최대한 막아주려고 한다. 어차피 순순히 충돌을 일으킬 생각이 없다는 것 정도는 알고 있으니까."

"여파를 막는다고?"

"전력으로 전투를 벌이면 대륙이 어떻게 될지 모르니 안전장치 역할을 해준다는 의미다."

"그러다가 나와 천황이 힘을 소진하면 역공을 가할 생각을 하고 있고?"

"그럴 리가."

날카롭게 파고드는 말에 티엘은 어깨를 으쓱여 보였다.

협력 관계를 맺고 있지만 처음부터 신뢰가 기반된 사이는 아니었다. 클로라이네에게 있어 티엘은 중간계에서 힘을 합쳤을 뿐이지, 그 외의 모든 면에서 신뢰를 하지 않고 있었다.

"내가 원하는 건 천황, 마황이 원 없이 싸우도록 한 뒤 천마대전의 전초전이 중간계에 큰 피해를 입히지 않고 마무리 짓는 것이다."

예전의 티엘이라면 중간계가 멸망해도 신경 쓰지 않았겠지만 지금은 가족을 책임진 가장이 되면서 생각이 많이 바뀌어 있었다.

"믿기 싫다면 개입하지 않지."

"…아니, 개입하는 게 내게 더 낫겠지."

생각에 잠겨 있던 클로라이네의 대답이었다.

티엘의 요구 조건을 받아들이지 않으면 그와 천황의 협력까지 고려해야 하는 최악의 상황으로 흘러갈 것을 염두에 둔 것이다.

"하지만 천황이 납득할 거라 생각하나?"

"적이 늘어나는 것보다 지켜보도록 만드는 게 천황에게도 나을 거라 생각하는데."

"말로 설득할 수 있다면 이렇게 우려를 표하지도 않겠지."

"그 부분은 내가 알아서 할 문제고. 지금 중요한 건 마황의 결정이다."

"천황을 설득한다면 제안을 받아들이겠다."

티엘을 중립으로 묶어놓고 천황과 결판을 낼 수 있다면 클로라이네가 생각한 최상의 환경이 조성되는 셈이었다.

"그러면서 내심 거절당하길 원하겠지만, 우선 노력해 보도록 하지."

"……."

클로라이네는 대답하지 않고 조용히 자리에서 일어났다. 그것만으로 정곡이 찔렸다는 걸 알 수 있었지만 티엘도 더 자극하지 않았다.

검은 기류로 화하여 사라지는 클로라이네의 뒷모습을 쫓던 티엘이 중얼거렸다.

"이제부터 해야 할 일인가."

황도로 향하는 길은 멀지 않았다.

혹여 짐으로 전락할 것을 염려한 티엘은 제스피아리스까지 떼어놓은 뒤, 천황 미델쿠스를 찾아 황궁으로 이동했다.

대전의 옥좌에 앉아 있던 레디븐 백작은 갑작스러운 인기척에 고개를 들었다가 예상치 못한 티엘의 얼굴을 보고 경악에 빠졌다.

"로, 로운 후작!"

"오랜만인가? 뭐, 내 얼굴을 보고 반갑게 여기지 않을 수도 있겠지만."

"으, 으음! 이곳에 무슨 일로 찾아왔지?"

가까스로 평정을 가장했지만 레디븐 백작의 얼굴을 타고 땀이 흘러내렸다.

이미 인간의 한계를 초월한 그의 무위라면 자신을 베어버리는 것은 일도 아니란 걸 알고 있었던 것이다. 어떻게든 천황이 올 때까지 시간을 벌어야 할 필요성이 있었다.

"목숨 걱정은 하지 않아도 좋다. 이곳에서 제거해 봤자 황제 좋은 일만 해주는 꼴이니."

"무슨 의미인가?"

"머리 좋은 책사에게 물어보고, 역시 이쯤 되니 알아서 찾아오는군."

파아앗!

대전에 순백의 빛이 넓게 퍼져 나가며 한 인영이 모습을 드러냈다. 처음 보는 것이지만 그가 천황임을 알아차리는 건 어렵지 않았다.

"그대는 누구인가?"

"지금 천황의 머리를 어지럽히고 있는 인간이라고 보면 되지 않을까."

"…예상은 했지만 의외로군. 이렇게 젊은 인간일 줄은."

미델쿠스의 얼굴에 한 줄기 근심이 서렸다가 빠르게 사라졌다.

젊다는 것은 발전 가능성이 존재한다는 걸 의미한다. 짧은 생을 살아가는 인간의 발전 속도는 그야말로 광속을 방불케 한다는 걸 모르지 않기에 심각한 변수로 작용할 것까지 생각해야 했다.

"이곳을 찾은 이유는?"

"제안할 것이 있어서 왔다."

"이미 마족과 붙어먹은 인간이 내게 제안할 게 있다고? 말해봐라."

"간단해. 마황과 전투를 벌일 수 있는 장소를 제공하고 싶다."

"장소 제공?"

"이대로 전투를 치러서 중간계를 날려 버릴 생각은 아니겠지? 천족 입장에서도 굳이 그럴 필요가 없다고 생각하는데."

그렇게 말을 했지만 미텔쿠스의 입에서 나온 말은 티엘로서도 전혀 예상치 못한 것이었다.

"뭔가 잘못 알고 있군. 우리들에게 이곳 중간계가 멸망해도 아무런 상관이 없다. 오히려 이곳이 존재해서 그동안 많은 걸림돌로 작용했지."

"걸림돌이라고?"

"중간계는 더 이상 천족에게 큰 의미가 없다. 내가 이곳을 찾은 것은 중간 통로 역할을 보다 수월하게 수행할 수 있도록 만들기 위함일 뿐. 마황과 충돌로 중간계가 멸망하면 오히려 더 좋다."

천족과 마족은 태초부터 세계가 탄생할 때 대립해 왔고, 중간계는 그 사이에 자리 잡아 절묘하게 균형추 역할을 해왔다.

이로 인해 중간계에서 천족과 마족의 대리전이 벌어지기도 하고, 몇 번이나 중간계를 장악하려는 시도를 했지만 번번이 실패를 했다.

중간계의 주축인 인간을 이용해서 힘을 얻는 마족과 달리,

스스로 힘을 얻어나간 천족에게 있어 중간계는 걸림돌에 불과했다.

"마족의 사상이 스며드니 그런 말이 나올 수밖에 없지. 그 세안은 거질하겠디."

균형추를 무너뜨리길 원하는 건 천족과 마족 모두 동일했다.

단지 자신들에게 기울어 버리길 원하는 것이 달랐지만 말이다.

그리고 더 간절한 것은 마족이 아닌 천족이었다.

"이럴 줄은 몰랐는데."

"마족에게 붙어 잘못된 정보를 얻어서 그렇다. 어리석은 인간이여. 그 전에 이곳을 무사히 빠져나갈 걱정을 하는 게 좋지 않을까."

우웅! 우우웅!

거센 빛의 파동이 퍼져 나가며 티엘의 감각에 천왕이 빠른 속도로 다가오는 것이 느껴졌다.

하나의 천황과 다수의 천왕에게 포위되면 제아무리 그라고 해도 무리였다.

그럼에도 그의 얼굴에 서린 여유는 사라지지 않았다.

"아무런 수단 없이 온 게 아니라서."

콰아아앙!

마검 그로인츠가 대전 바닥을 강타하는 순간, 매서운 충격파가 퍼져 나가더니 균열이 일어나면서 폭발이 일어나기 시작했다.

공중에 뜬 미델쿠스의 시선이 티엘과 마주쳤고, 검을 들어보인 그가 허공을 향해 휘두르니 사방에 보이지 않는 검격이 생겨나며 전신을 덮쳐갔다.

무너지는 대전 속에서 아무런 움직임도 보이지 않는 레디븐 백작을 발견하곤 미델쿠스의 미간에 주름이 잡혔다. 인간 따위는 죽어도 상관이 없지만 그가 이 자리에서 죽어버리면 여내까지 황도에 들인 공이 물거품이 될 가능성이 높았다.

"방해된다."

퍽!

"크악!"

비명을 지르며 레디븐 백작이 나가 떨어졌다. 부상을 입었어도 죽지는 않았을 거란 확신을 하며 미델쿠스가 티엘을 향해 손을 뻗어 공격을 하려고 했지만 그사이 대전은 완전히 무너지고 있었다.

꽈르르릉!

제국의 역사와 함께 한 대전이 무너지면서 시야를 앗아간 것이다. 더 이상 쫓지 못할 만큼 멀어진 티엘의 기척을 감지한 미델쿠스는 허탈한 미소를 지었다.

"…놓쳤군."

파아앗!

폐허가 된 현장에서 우두커니 서 있는 사이, 그의 신호를 받고 접근한 친양이 속속 도차했다. 주변을 둘러본 그들은 심상치 않은 일이 벌어졌음을 직감하고는 미델쿠스에게 물었다.

"무슨 일이 있었던 것입니까?"

"별일 아니다."

제국의 황궁이 무너진 것만 보아도 가볍지 않은 사안임이 분명했지만 미델쿠스는 자세한 언급을 하지 않았다.

"확실하게 편을 갈라놓는 것이 좋겠지. 마족과 손을 잡은 종자와 상종할 수는 없는 법."

이미 드래곤이라는 패를 손에 넣은 미델쿠스로서는 티엘의 제안을 받아들일 가치가 없었다.

머릿속에서 그려지는 확고한 구도에 그는 유쾌한 웃음을 터뜨렸다.

미델쿠스가 드래곤의 협력 요청을 한 것은 황궁이 무너지고 얼마 지나지 않아서였다.

레어에 홀로 있던 카스피스는 그 소식을 듣고 쓴웃음을 지었다.

말은 협력 요청이었지만 실상을 들여다보면 명령과 다를 바 없었다.

중간계의 수호자인 드래곤이 어쩌다가 이런 처지에 놓이게 된 것일까.

자존심이 상하고 굴욕적이었지만 그로서도 다른 방법이 존재하지 않았다.

"…모든 오욕은 내가 뒤집어써야겠지."

천황을 마주하는 순간, 카스피스는 드래곤이 얼마나 오랜 기간 동안 착각과 자만에 빠져서 살아왔는지 깨달을 수 있었나.

여태까지 마왕이나 천왕이 보여준 힘은 차원의 제약에 의해 약화된 것이었고, 모습을 드러낸 적 없던 천황은 드래곤이 어찌할 수 없는 아득히 높은 경지에 도달해 있었다.

충돌을 일으키면 멸족에 가까운 피해를 입을 것이다. 그 생각이 들었기에 수많은 드래곤의 반발에도 불구하고 협력 관계를 맺은 것이다.

이 결정은 드래곤 역사에 두고두고 회자될 것이며, 그 굴욕을 겪게 만든 자신의 이름은 영원히 남겠지만 로드로서 감내해야 할 부분이었다.

"그래서 천황의 개로 부려질 생각인가요, 로드?"

여인의 목소리가 레어 안을 울렸다. 이미 그녀의 기척을 감지하고 있던 카스피스는 아무런 내색도 하지 않은 채 대답을 해주었다.

"다른 드래곤의 레어에 무단 침입까지 하는 건가, 제스피이리스?"

"주인이 알고 있는데 무단 침입이랄 것도 있나요? 진짜 무단 침입이었다면 가디언을 시켜서 가로막았겠죠."

"…앉도록."

긍정도 부정도 하지 않은 채 자리를 권하는 카스피스였다. 냉큼 앉는 그녀의 모습을 빤히 지켜보던 그는 가라앉은 목소리로 그녀가 했던 말에 대답했다.

"천황의 개가 아닌 중간계의 수호자로 내린 결정이다. 그 부분에 대해서는 네가 논할 문제가 아닌 것으로 보인다."

"저도 중간계의 수호자로 말을 하는 거예요. 오늘의 결정은 중간계의 모든 종족에게 재앙으로 다가올 수밖에 없어요. 로드가 내린 결정으로요."

"그럴 수도 있겠지. 하지만 때로는 이런 결정을 내릴 수도 있음을 알아야 한다. 그것은 우리 드래곤의 힘이 부족하기 때문이다."

"아니요, 그건 아니에요. 왜 우리가 나태하고 실수했던 것을 단지 힘이 부족했던 걸로 치부하는 거죠? 긴 평화에 젖어 권리만 누리던 드래곤이 치러야 할 대가에 지나지 않아요. 로드의 결정은 드래곤들이 각성할 수 있는 계기를 지워 버리는 거고요."

"내가 최악의 선택을 했다고?"

"적어도 제가 보기에는 그래요."

천황과 협력해서 충돌을 피할 수 있지만 반대로 마황과 충돌은 피할 수 없게 되었다.

직접 부딪치지 않더라도 마왕과 전투를 벌여야 하고, 그곳에는 티엘도 속해 있다.

"오늘 제가 온 건 스스로 의지였어요. 그는 이런 제 독단을 못마땅하게 여기고 있죠. 왜냐하면 드래곤의 이번 결정에 대해서 오히려 반기고 있으니까요."

"반겨?"

"네, 우리가 그를 좋아하지 않는 것처럼 그도 드래곤에게 우호적이지 않아요. 오늘의 이 결정으로 충돌이 일어난다면, 무수히 많은 동족이 그의 검에 목숨을 잃을 거예요."

"너도 그렇게 보고 있나?"

"네, 아마 드래곤 역사상 최악의 참사로 기록될 거예요. 그렇게 되지 않길 원하지만 세상이 내 뜻대로 돌아가지 않는다는 건 이미 예전에 깨달았죠."

하나를 얻으면 하나를 잃을 수밖에 없는 것이 세상의 이치였다.

제스피아리스가 말하는 바가 무엇인지 알아차린 카스피스가 무겁게 가라앉은 표정으로 고개를 끄덕였다.

"참고하도록 하지."

"바꿀 생각은 없고요?"

"너무 늦었다. 내가 내린 결정의 결과를 지켜볼 수밖에."

"책임지려는 자세는 좋아요. 하지만 저는 달라요. 이제 곧 벌어질 결과를 들고 드래곤들의 체질을 개선할 거예요. 그리고 진정한 수호자로 거듭날 수 있도록 조치를 취해야겠죠. 도와달라고는 하지 않아요. 다만 로드의 결정을 보고 드래곤의 몰락을 막을 수 없는 것 같아 씁쓸하네요."

그 말을 끝으로 제스피아리스가 자리를 벗어났다. 그녀가 말하고자 하는 바가 무엇인지 모르지 않는 카스피스였으나 그의 생각은 바뀌지 않다.

"우리 드래곤은 그리 약하지 않다."

인간의 말 몇 마디에 현혹되어 쓴말을 내뱉는 것보다 지금이 낫다고 여기는 카스피스였다.

"드래곤 로드의 대답은?"

마지막 확신을 갖기 위해 떠났던 제스피아리스의 표정은 밝지 못했다. 그것만으로도 어떤 일이 벌어졌는지 알 수 있었지만 티엘은 냉정했다.

"…예상했던 그대로예요. 바뀐 것은 아무것도 없네요. 처음부터 이럴 거라 확신했나요?"

"그들의 자만은 자신의 실수를 인정하지 않는다는 거니까. 무언가 이상하다는 걸 느꼈겠지만 그것을 용기 있게 개선하려는 노력은 기울이지 않지."

마치 카스피스와의 대화를 바로 옆에서 지켜본 듯한 말이었다.

그의 예상 범주 안에서 움직일 수밖에 없는 자신이 원망스러웠고, 고착화된 채 변화가 없는 드래곤의 행태가 마음에 들지 않았다.

"정말 피를 봐야만 할까요?"

"아무런 희생 없이 변화는 일어나지 않는 법이지. 직접 피해를 입지 않는다면 영원히 남의 일이 될 수밖에 없다. 그 범주에 드래곤도 벗어날 수 없지."

"그래도 저는 피해를 원치 않아요."

"이미 주사위는 던져졌다. 천황은 내 제안을 거절했고, 드래곤은 나를 향해 이빨을 드러내겠지. 날 죽이려는 적에게 자비를 베풀라는 헛소리를 하는 건 아닐 테고."

말을 하면서도 자신이 얼마나 얼토당토한 소리를 했는지 알고 있는 제스피아리스였다.

"결과가 눈에 보인다는 게… 이렇게 괴로울 줄은 몰랐어요."

"괴로운 만큼 더 크게 새겨지겠지. 이제 더 이상 네 고집을 받아줄 수 없다. 끝까지 제 생각을 우기려면 돌아가도 좋고. 이제 전쟁이 벌어질 테니까."

여태까지 모든 행동을 고집으로 치부해 버렸지만 제스피 아리스는 아무 말도 할 수 없었다.

협상 결렬 이후, 보이지 않는 기류는 험악하게 형성되었다.

갑작스러운 황궁의 파괴는 이렇다 할 반응을 보이지 않았 지만 변고가 일어났다는 것만으로 전운이 고조되기에 부족함 이 없었다.

"협상이 결렬됐네."

티엘에게 소식을 들은 클로라이네가 고개를 끄덕였다. 어 려울 거라 생각했지만 내심 기대했던 일이기에 아쉬움이 느 껴질 수밖에 없었다.

"처음부터 어려운 일이라 생각했습니다. 우리들과 달리 천 족 녀석들은 위선에 차 있어서 누군가를 믿지 못하는 습관을 지니지 않습니까? 당연한 결과입니다."

"맞아."

켈그라인의 말에 순순히 수긍하는 그녀였다. 자신들 스스 로가 거짓된 가면을 쓰고 있는지 잘 알고 있는 천족은 결코 남을 믿지 않았다.

"그래도 아쉽긴 하네."

티엘의 중재 아래 대결을 벌였다면 그게 소란을 일으키지 않고 결과물을 만들어낼 수 있었을 것이다. 그리고 그러한 전개는 클로라이네가 바라는 방향이었다.

"사실 받아들여져도 문제는 있었습니다."

"그 인간을 믿을 수 없어서?"

"신의가 있더라도 결정적인 순간에는 갈등할 수밖에 없습니다. 욕망에 충실한 인간의 성격을 보면 더더욱 그러지 않겠습니까?"

"틀린 말은 아니야. 그래서 다행이라 생각하고 있고. 드래곤 대신 그 인간을 우리 편으로 끌어들이게 되었으니까. 천황은 자신의 판단이 잘못되었다는 걸 얼마 지나지 않아 깨닫게 될 거야."

"저도 그렇게 생각합니다."

"조만간 대결이 벌어질 거야. 너희는 각자 천왕을 맡아 상대해. 어려울 수도 있겠지만 그 정도는 충분히 가능하다고 봐."

천황은 필연적으로 클로라이네가 상대를 해야 하고, 나머지 천왕은 마왕의 몫이다.

"물론입니다. 실망 끼치지 않도록 최선을 다하겠습니다."

"드래곤을 상대하고 싶었는데, 손이 아쉬우니 별수 없군요."

들고 있던 카이트론도 순순히 수긍했다.

"슈크라인?"

표정을 굳히고 있던 그는 마음의 결심을 굳힌 듯 조심스럽게 자신이 생각을 밝혔다.

"여제께서는 변수로 작용할 수 있는 인간을 그냥 둘 생각입니까?"

"지금은 우리에게 있어 훌륭한 조력자야. 그들을 배제해야 할 이유는 어디에도 없다고 봐."

"하지만 결정적인 순간에 배신할 수 있습니다."

"너는 내가 그 순간을 허용할 만큼 내가 약하다고 보는 거야?"

클로라이네의 얼굴에 표정이 지워졌다. 동시에 무거운 중압감이 슈크라인의 양어깨를 짓눌렀다. 그제야 자신의 실수를 알아차린 그가 황급히 고개를 저었다.

"그, 그건 아닙니다."

"그럼?"

"인간 자체를 믿을 수 없어서 노파심에 한 말입니다. 기분이 나쁘셨다면 사과드립니다."

"…인간을 믿을 수 없다는 건 인정해. 하지만 지금 중요한 건 그게 아니라 우리가 승리할 수 있도록 전초전을 잘 치르는 거야. 너희의 활약에 따라 더 큰 힘을 손에 넣을 수 있다는 걸

명심해."

천왕을 제거할 수 있다면 그들의 힘을 고스란히 획득하는 것도 가능하다. 반대의 경우도 가능하지만 천족에게 패할 거라 생각하는 마족은 어디에도 없었다.

이번 기회를 살린다면 마왕 중에서도 최상위로 치고 올라갈 수 있기에 슈크라인은 개인적인 우려를 접어놓았다.

"최선을 다하겠습니다."

"잘해봐."

끝까지 표정 관리를 하지 않는 슈크라인을 보며 클로라이네는 무표정을 유지했다.

천황의 합류 제안을 받아들인 카스피스는 각 드래곤의 로드를 데리고 황도로 향했다.

연이어 공간 이동이 시전되면서 다섯 인영이 모습을 드러내자, 미델쿠스가 미소를 지으며 그들을 맞이했다.

"반가운 손님들이 왔군."

"천황의 요청을 받아들이러 왔소."

천족의 뜻대로 움직일 수밖에 없는 카스피스의 표정은 밝지 못했다. 그것은 다른 드래곤들도 마찬가지였다. 특히 자존심이 강한 베르니스의 경우 노골적으로 불만스러운 표정을 감추지 않았다.

미델쿠스는 그 표정에 전혀 개의치 않는 듯했다. 아예 안중에도 없다는 의미로 해석될 수 있기에 베르니스의 표정이 더욱 안 좋게 바뀌어갔다.

"곧 있으면 재미있는 대결이 벌어지겠지, 거기에 드래곤이 한몫을 해주길 원한다."

"그러기 위해 왔소."

"후후, 그러겠지. 편히 쉴 수 있도록 준비해 놓았으니 당분간 이곳에 머물면서 분위기를 익히는 게 좋을 것 같군. 다른 드래곤은 언제쯤 합류하지?"

"기다리면 차차 합류할 것이오."

"그걸 기다리는 것도 재미있겠지. 합류를 환영한다, 드래곤들이여!"

그 말은 드래곤이 천족의 편에 서서 마족과 전투를 치른다는 걸 의미했다.

더 이상 되돌릴 수 없다는 생각에 카스피스는 고개를 끄덕이며 눈을 감았다.

"드래곤이 합류했군."

드래곤 특유의 기운이 감지되는 걸 느낀 티엘이 중얼거렸다.

이미 기정사실화되었지만 직접 보니 느낌이 다를 수밖에

없었다.

중간계의 수호자인 그들은 지금의 대륙이 존재할 수 있게 만든 일등공신이었다. 하지만 세월은 오랜 시간을 살아가는 드래곤마저 갉아먹을 만큼 강력했다.

"각성이 필요하겠지. 그러지 않고서는 얇아진 차원의 벽에서 중간계를 지켜낼 수 없을 테니."

무궁무진한 힘을 지닌 드래곤은 마음만 바로잡으면 숫자는 크게 중요하지 않게 된다.

천년만년 자신이 살 수 없을 테니 그 빈자리를 드래곤이 대신해야 했다.

제스피아리스를 혹독하게 단련시키는 것도 그런 의미가 깃들어 있었다.

받아들이고 아니고는 그녀가 결정할 사안이지만 지금 돌아가는 걸 보면 느낌이 왔다.

회의실로 돌아간 티엘은 클레디오 백작과 제스피아리스를 불러 드래곤의 합류를 알렸다.

"그게 무슨 상관이지?"

의아함을 드러내는 그와 달리 제스피아리스의 표정은 급격히 어두워졌다.

"우리는 드래곤을 상대할 거다."

"드래곤? 천왕이 아니었나."

"아마 천왕은 마왕의 몫이 될 것 같아서 말이지."

"…그건 좋지 않군."

천왕을 상대할 생각으로 매일 수련에 매진하던 클레디오 백작의 표정이 일그러졌다.

"드래곤은 어느 정도지?"

"그다지 매력적인 선택지는 안 될 것 같은데."

"으음!"

직접 설명하지 않았을 뿐이지, 한마디로 약하다는 의미였다.

침음을 흘린 클레디오 백작은 눈살을 찌푸린 채 고개를 젓다가 제스피아리스에게 시선을 옮겼다.

"드래곤과 전투를 치른다는 건 죽여도 된다는 의미인가?"

"물론."

한 치의 망설임도 없었다. 그에 제스피아리스는 예상과 전혀 다른 반응을 보였다.

"저도 참전하겠어요."

"참전하겠다고?"

"네! 어차피 고민해 봤자 해결되는 건 아무것도 없어요. 그렇다면 제가 저지른 일에 대해서 책임을 지고 직접 겪어보겠어요. 그러지 않고서는 직성이 풀리지 않을 것 같으니까요."

동족을 적으로 맞이한다는 생각은 단 한 번도 해보지 않았던 그녀가 이런 말을 할 정도라면 그동안 겪은 인식의 변화가 생각 이상으로 크다는 걸 의미했다.

"그럴 필요는 없다."

"그래도……."

"마족과 함께 참전하면 드래곤 사이에서 영원히 낙인이 찍힐 텐데? 지금만으로도 충분히 미움을 사기에 부족하지 않다는 걸 알고 있다."

"……."

정곡을 찌르는 말에 제스피아리스는 할 말을 잃었다. 방금 말을 했던 것도 드래곤 사회에서 쫓겨날 각오를 하고 한 말이었다.

"대신 지켜보도록. 그게 최선일 테니. 모든 경험을 새기고 드래곤이 범한 실수들을 다시 재현하지 않도록 노력해. 그게 네가 할 임무다."

"처음부터 내게 원한 게 그거였군요. 내가 정말 그들을 이끌 수 있을 거라 생각하나요?"

"넌 내가 본 드래곤 중 가장 개방적인 사고를 지녔으니까. 너희가 한없이 하찮게 여기는 인간의 말을 받아들일 수 있다면 더 발전할 여지가 존재한다는 의미겠지."

"…충실하게 따라주죠."

마음속에 반발심이 피어났지만 드래곤의 오만함이 치러야

할 대가는 비쌌다. 지금 당장 끓어오르는 마음을 억누르며 머리를 차갑게 하고자 했다.

"나쁘지 않군."

훌륭하게 자신을 통제하는 모습은 그리 나쁘지 않았다.

갑작스러운 티엘의 공격으로 황궁 일부가 무너진 뒤, 레디븐 백작은 대외적인 활동을 모두 접어두었다.

천족과 마족, 그리고 인간의 한계를 초월한 티엘의 전투 속에서 자신이 할 수 있는 것은 아무것도 없다는 걸 알아차렸다.

행여나 여파에 휩쓸리면 자신의 목숨쯤은 아무것도 아니기에 몸을 사릴 수밖에 없었다.

"전쟁이 벌어질 거다."

"예……."

"저들은 내 야망을 들어줄 것처럼 행동했지만 실상은 아무렇지도 않게 여기더군. 결국 이용만 당한 꼴이 되고 말았지."

티엘의 등장 당시, 천황과 대수롭지 않게 대화를 주고받았지만 목숨이 경각에 달려 있던 레디븐 백작에게 그 의미는 남다를 수밖에 없었다.

가장 충격이었던 것은 천황의 속마음이었다.

자신이 이뤄놓은 것들을 아무렇지도 않게 여기는 마음. 심심풀이로 만들어놓았다가 다시 부숴 버리는 장난감처럼 자신은 그것밖에 되지 않았다.

제국의 중심에서 부와 명예를 쥐었음에도 그 정도밖에 되지 못한다는 사실이 레디븐 백작에게 절망을 심어주었다. 할 수 있는 것이 없었지만 포기할 수는 없었다.

"제이안."

"예, 주군."

"지금 내가 할 수 있는 최선은 무엇이지?"

"…숨는 것입니다. 저들의 눈에서 벗어나 전투에 휘말리지 않도록 살아남는 것이 최선입니다. 지금 주군의 행동은 지극히 옳습니다."

"그것밖에 할 수 없는 건가."

아등바등 살아남는 것.

이게 해야 하는 일이었다. 황제 부럽지 않은 권력과 부도 소용없었다.

"저들의 전투는 끝이 날 것입니다. 주군은 그다음을 준비하시면 됩니다. 제가 곁에서 끝까지 보좌하도록 하겠습니다."

"이 나이에 어리광을 부려서는 곤란하겠지. 네 말이 무엇을 의미하는지 알겠다. 어차피 전쟁은 병사의 숫자가 아닌 저들의 충돌에서 결정이 날 테니 더 이상 몸부림은 의미가 없을 지도."

"군의 규모를 최소화하고, 저들의 전투가 벌어질 것을 염두에 두고 움직이도록 하지. 제이안, 너도 나와 끝까지 살아남아야 할 것이다. 먼저 죽어버리면 절대 용서하지 않겠다."

"최선을 다하겠습니다, 주군."

끝까지 자신을 챙겨주고자 하는 행동에 제이안은 주먹을 꽉 움켜쥐며 고개를 끄덕였다.

황도 공략을 위해 클로라이네와 세 마왕이 셰어드 요새에 모습을 드러냈다.

"천황을 설득하지 못했네."

처음 보자마자 꺼낸 말이었다. 기분이 상할 수도 있는 말이었지만 티엘은 어깨를 으쓱하며 대답했다.

"해보려고 했지만 전혀 그럴 마음이 없어 보여서. 나 혼자 멋대로 생각하고 있었다는 걸 알게 되었지."

"멋대로?"

"천황도 마황과 비슷한 생각을 가지고 있는 것처럼 생각을 했는데 이 중간계가 멸망해도 상관없다는 식으로 말하더군. 내 생각이 처음부터 잘못되었다는 의미겠지."

"……"

클로라이네가 입을 다물었다. 과격한 천족과 마족들은 균형추 역할을 하는 중간계를 못마땅하게 여기는 걸 떠올린 것이다.

"덕분에 천황도 보았으니 손해 보는 일은 하지 않은 셈이지."

"강해보였어?"

"내 대답을 듣고 싶나?"

티엘이 묘한 미소를 지으며 반문했다. 그에 클로라이네는 고개를 저었다.

"아니, 어차피 결과는 정해져 있으니까. 굳이 듣지 않아도 괜찮아."

"자신감이 넘치는 건가?"

"당연한 승리를 예상할 뿐이야."

"그건 상대도 마찬가지겠지."

눈앞의 클로라이네도 그렇고, 얼마 전 보았던 천황도 비슷했다. 자신의 힘에 확신을 가지고 있었으며, 패배라는 단어는 전혀 염두에 두지 않았다.

이런 상황에서 둘이 충돌을 일으킨다면?

누군가 하나는 꺾일 것이고, 그 과정에서 대륙은 폐허가 된다.

"잠시 자리를 옮길까."

"그러지."

별안간 자리 옮길 것을 권유하니, 티엘은 조용히 클로라이네와 주변의 이목이 미치지 않는 곳으로 향했다.

주변을 거닐면서도 클로라이네는 한동안 아무 말도 하지 않았다. 그만큼 지금 끼낼 말이 가볍지 않다는 걸 의미했기에 대체 어떤 말을 할지 기대감이 고조되었다.

"사실 마황과 천황 같은 지도자들은 중간계를 멸망시키길 원해."

그 말은 천황의 말이 진실임을 알려주는 것이었다. 자리에 서서 멈칫한 티엘은 클로라이네에게 시선을 옮겼다.

"…그건 너도 마찬가지인가?"

"나는 반대야."

"왜 반대지?"

천족이나 마족은 상극인 서로가 완전히 멸망하길 원하고 있다. 그 전에 수행해야 할 것이 중간계의 멸망이었는데, 클로라이네의 대답은 상반된 내용이었다.

"중간계를 멸망시키지 않아도 얼마든지 승부를 가릴 수 있어. 어느 한쪽이 확실한 우위를 점해야 한다는 전제가 있기는 하지만."

"고작 그 이유가 전부라면 많이 부족한 것 같은데."

"다른 이유도 있어. 그건 내 개인적인 거야."

"말하기 어렵나?"

"굳이 말할 필요가 없는 내용이야. 네가 이 전쟁에서 승리를 거두도록 힘을 보태준다면 그때 사실을 말하도록 하겠어."

마황이 이토록 진지할 정도라면 보통 비밀이 아닐 것이기에 한껏 호기심이 자극되었다. 입꼬리를 말아 올린 티엘이 클로라이네를 바라보며 말했다.

"어차피 승리할 전쟁이지만 이유 하나가 더해져서 나쁠 건 없겠지."

"확실하게 능력을 보이고서 말해."

몸을 확 돌린 그녀가 자리를 벗어났다. 하지만 그 속에 동요가 깃들어 있음을 티엘은 놓치지 않았다.

마족이 도착하고, 천족 측에 드래곤도 속속 합류하자 전운이 감돌기 시작했다.

"천황과 만난 적은?"

"몇몇은 안면이 있지만 전부는 몰라."

천족과 마족의 충돌은 수도 없이 많이 이어지지만 최상위에 존재하는 천황과 마황이 마주치는 경우는 생각보다 많지 않았다.

그들은 각기 한 차원의 군주급에 도달한 존재였고, 전황이 뒤집힐 위기가 닥치지 않으면 좀처럼 나서는 일이 없기 때문이다.

밑에서 일을 하는 마왕과 천왕이 움직이는 경우가 대부분이었기에 클로라이네가 천황과 마주할 일은 그리 많지 않았나.

"이번에 만날 천황도 모르나?"

"몰라. 나는 북부 전선에 있었으니까. 만난 천황도 그리 많지 않지."

"왜?"

"북부 전선은 가장 치열하게 전투가 이루어지는 곳이고, 그곳의 천황은 세 손가락 안에 꼽히는 존재니까."

그 말은 클로라이네도 마황 중에 최강 반열에 올라섰다는 걸 의미했다.

"그럼 무리 없이 승리하겠군."

"봐야겠지. 조금 전에 한 말은 유효해. 감당해야 할 드래곤의 숫자가 많으니 능력을 보여."

"물론."

티엘의 대답을 들은 클로라이네의 몸이 떠오르며 성벽을 향해 쇄도했다.

그러자 반대 측에서도 순백의 기류가 쏟아지며 마주쳐 왔다.

"이름은?"

많은 대화는 필요하지 않았다. 어차피 오랜 세월 전쟁을 겪어왔고, 마주치지 않았어도 이름만 알면 그 특성이 고스란히 떠오를 정도니까.

"내 이름은 미델쿠스, 어둠의 종자를 없애고자 온 위대한 존재다."

천황인 그의 이름을 못 들어봤을 리 없었다. 하지만 듣는 순간, 클로라이네의 표정이 딱딱하게 굳어갔다. 천족 측에서도 상당한 강수를 두었음을 본능적으로 직감한 것이다.

"…클로라이네."

"한 번쯤 만나고 싶었다."

반가운 미소를 지은 미델쿠스가 양팔을 펼쳐 보였다.

제8장
대전쟁

천황과 마황이 대치 상황으로 접어들자, 본격적으로 황도 앞 평원에 일단의 무리가 속속 모습을 드러내기 시작했다.

클로라이네의 뒤를 따른 마왕들은 미넬쿠스의 뒤를 따르던 천왕의 앞을 가로막았다. 하지만 그 숫자가 하나 부족하다는 걸 깨닫고 표정을 일그러뜨렸다.

비슷한 힘을 지니고 있는 상황에서 숫자가 하나 부족한 것은 치명타로 다가올 수 있었다.

그리고 드래곤을 상대하기 위해 뒤에 물러나 있던 클레디오 백작은 그것을 놓치지 않았다.

"저쪽에 인원 하나가 부족한 것 같군."

"그래서?"

"내가 돕겠다."

"그럼 내가 모든 드래곤을 다 감당하라는 건가?"

"불가능할 것 같지도 않군. 어차피 내가 원하는 것은 강한 상대다. 내 욕망을 채워줄 수 없다면 이번 전투에 참여할 이유가 없지."

대놓고 협박을 하는 행동에 티엘은 저도 모르게 허탈한 웃음을 흘렸다. 그만큼 천왕을 상대하고 싶은 욕망이 크다는 걸 알고 있었지만 이런 식으로 뒤통수를 칠 줄이야.

"…천왕을 상대해라."

"허락, 고맙군."

파앗!

말이 끝나기 무섭게 클레디오 백작의 신형이 천왕을 향해 쇄도했다.

"한 방 먹었군."

졸지에 혼자서 드래곤을 감당하는 처지로 전락한 티엘은 쓴웃음을 흘리고 말았다.

천왕과 마왕의 대립은 팽팽하게 이어졌으나 급격하게 천왕 측으로 기울고 있었다.

숫자 하나가 우위를 점한다는 것이 그만큼 큰 영향을 끼친 것이다. 마왕들은 기세에서 밀리지 않고자 했지만 숫자에서 오는 부족함을 채워 넣는 것은 쉽지 않았다.

그러한 균형도 갑작스레 끼어든 클레디오 백작으로 인해 깨지게 되었다.

당장 충돌을 일으켜도 이상하지 않을 분위기에서 천왕 로이스델의 앞을 가로막고 나선 것이다.

"다시 보게 되는군."

"네놈은……."

인간 주제에 자신의 앞을 가로막았던 기억이 떠오르자 로이스델의 얼굴에 흉흉함이 감돌았다.

"이 천왕은 내가 맡을 테니 나머지는 알아서 처리하도록."

"가능한가?"

이미 클레디오 백작은 슈크라인에게 당한 전적이 있었다. 켈그라인의 그러한 우려는 당연했지만 그의 대답은 변함이 없었다.

"물론!"

"그럼 믿고 맡기도록 하지."

순식간에 대결 구도가 만들어지면서 클레디오 백작과 로이스델이 마주했다.

"천왕의 힘이 어느 정도인지 보도록 할까."

"역시 인간은 제 주제도 파악하지 못하는구나."

아무리 강하다고 해도 결국 인간은 인간. 그 한계를 깨닫지 못한 채 벌거숭이처럼 날뛰는 클레디오 백작의 행동이 마음에 들 리 없었다.

하지만 그다음 발산되는 기세를 접한 로이스델의 표정이 급변했다.

쏴아아아!

폭포수처럼 쏟아지는 힘은 인간이 지닐 수 있는 성질이 아니었다. 극도로 응축되어 성질마저 바뀌어버린 힘은 수천 년 이상의 농축 과정을 거쳐야만 했다.

그걸 일개 인간이 지니고 있다니? 자연히 로이스델의 얼굴에 경계심이 서렸다.

"네놈… 무슨 짓을?"

"이 정도면 천왕도 상대할 수 있겠지?"

자신의 힘이 먹힐 수 있다는 확신에 클레디오 백작은 하얗게 웃었다.

드래곤은 천왕이 모습을 드러낸 뒤 시간이 흐른 뒤에야 하나둘씩 공간 이동으로 전장에 참여했다.

허공에 모습을 드러낸 드래곤의 숫자는 채 서른도 되지 않았는데, 에인션트에 들거나 그에 근접한 윕급 드래곤이 전부였다.

티엘은 선두에 선 카스피스를 보며 입꼬리를 말아 올렸다.

"결국 이렇게 마주하게 됐군."

"그렇게 됐지."

"그래도 전부는 아니라는 건가. 잘못되더라도 미래를 준비하겠다는 의미로군."

"그게 최선이었다."

카스피스도 천황과 손을 잡은 것이 잘못된 결정이라는 걸 알았다. 그럼에도 바꿀 수 없었던 것은 마족과 연계할 수 있는 여지를 주는 것, 그리고 티엘의 말이 옳은 걸 인정하는 것과 자신의 실수를 받아들이기 힘들다는 점이 작용했다.

"드래곤들은 항상 자신의 결정이 최선이라며 합리화하지. 그게 얼마나 큰 피해를 동반하는지 모른 채."

"이게 최선이 아니라는 건가?"

"물론. 오늘 이 전투로 고룡들이 모두 사라지면 드래곤이 중간계의 수호자로 군림할 수 있을까? 그 부분은 확신할 수 없을 것 같군. 무엇보다 난 내 터전을 날려 버리려고 하던 네 놈들을 용서할 수도 없고."

콰콰콰콰!

마검 그로인츠를 드는 순간, 티엘을 중심으로 기세가 휘몰아쳤다.

특별할 것 없는 요란함이었지만 그 속에 깃든 강렬한 살의는 카스피스를 비롯한 다른 드래곤도 넘칫할 만큼 매서웠다.

이미 한 차례 혹독하게 당한 기억이 머릿속에 퍼져 나갔다. 예측하기 힘든 그의 검이 자유롭게 공간을 누빌 때, 그 위력은 헤아릴 수 없을 만큼 강한 힘을 동반한다.

"마음 단단히 먹도록. 난 모처럼 찾아온 이 기회를 놓칠 생각이 없으니까."

진심을 털어놓은 티엘은 처음부터 망설이지 않고 드래곤들을 향해 검을 휘둘렀다.

그가 본격적으로 덤벼들기 무섭게 드래곤은 폴리모프 해제를 시도했다.

상대가 인간이라고 하나 이미 보여준 무위는 인간의 한계를 아득히 초월했다. 드래곤 로드조차 제압되었던 만큼 처음부터 전력을 다하지 않으면 제압하는 것은 사실상 불가능했다.

콰우우우우!

폴리모프 해제가 된 드래곤들은 포효를 터뜨리며 기선을 제압하고자 했다.

하나가 아닌 서른에 달하는 숫자가 등장하니 하늘을 가득 채운 착각을 들게 할 정도였다.

"드래곤의 육체는 강하지. 그걸 부정할 생각은 없지만 이 럴 때는 멍청하다는 생각을 지울 수 없군."

폴리모프 해제하는 걸 조용히 지켜보던 티엘이 피식 웃었 나.

개체마다 강인한 육체를 지닌 것은 사실이지만 때로는 장 점이 극심한 단점으로 작용할 수 있었다.

마검 그로인츠가 허공을 가르기 무섭게 공간검이 발동되 었다. 자유롭게 공간을 드나들며 푸른 오러 블레이드가 공세 를 퍼붓기 시작했다.

푹!

아무런 전조도 없이 공간 너머에서 등장한 오러 블레이드 가 드래곤 본을 꿰뚫었다. 후방에서 호시탐탐 기회를 노리고 있던 에인션트급 실버 드래곤은 섬뜩한 고통에 비명을 질렀 다.

캬오오오!

"마음껏 춤춰 보도록."

그와 동시에 용언이 쏟아지면서 티엘을 압박해 나가기 시 작했다.

갖가지 원소 마법과 정신계 마법, 속박 마법이 펼쳐졌지만 공방일체의 공간검은 마법의 고리를 끊어버리고, 공간을 격 하여 드래곤들을 공략했다.

거대한 육체에서 나오는 폭발적인 파워와 브레스는 드래곤이 지닌 최대 장점이었지만 백 미터가 훌쩍 넘는 커다란 몸은 그만큼 공략할 곳이 많다는 의미가 된다.

자연히 커버해야 할 양이 많아지고, 날렵하게 움직인다고 해도 공간검을 피해내는 것은 원천적으로 불가능했다.

크오오오오!

쿠웅! 쿵!

공간검에 공략당한 드래곤 둘이 마법을 유지하지 못하고 지면과 충돌했다. 한 번 공략당하면 산발적으로 파고들었기에 곳곳에서 푸른 기운이 아지랑이처럼 피어났다.

마나가 유실될 만큼 큰 타격을 입었다는 의미였다.

순식간에 두 드래곤을 제압했지만 티엘의 검은 전혀 무뎌지지 않았다.

오히려 적극적으로 앞에 나오더니 검을 휘두르며 카스피스를 공격했다.

하지만 이미 그와 겨룬 적 있는 카스피스는 노련하게 반응했다.

용언으로 뇌전 방어막을 형성하더니 충돌하는 순간, 정신계 마법을 구사하여 티엘의 정신을 장악하고자 시도했던 것이다.

꽝!

"나쁘지 않은 수법이야."

뒤로 밀려난 티엘의 입꼬리가 말려 올라갔다.

인간의 한계를 완전히 벗어나지 못한 이상, 드래곤의 정신계 마법에 노출되면 큰 디격을 입을 수밖에 없다. 그래서 티엘은 오로로 전신을 두르고, 다시 한 번 공간검으로 정신계 마법이 접근할 수 있는 여지를 원천 차단했다.

그럼에도 뇌전 방어막이라는 미끼로 공략하려 했으니 자신이 지닌 장점과 단점을 분석했다는 걸 알아차릴 수 있었다.

"그것만으로 부족하다는 걸 영감도 모르지 않을 텐데."

[……]

한 번 구사한 수법은 다시 먹혀들지 않는다. 카스피스는 회심의 한 수가 무력화되는 순간, 뒤로 물러나며 브레스를 시전했다.

그사이 다른 드래곤들이 용언을 퍼부으며 시간을 끌고자 했다.

쏴아아아!

마치 폭포가 쏟아지는 것처럼 강렬한 브레스가 티엘을 덮쳐왔다.

극도로 응집된 뇌전이 피할 수 있는 모든 공간을 차단한 것이다.

세상에서 가장 빠른 것은 빛이지만 뇌전 또한 그에 못지않고 직선적이다.

최단 거리로 목표한 상대를 공략하는 순간, 잿더미가 되어 소멸을 면하기 힘들다.

쫘아앙! 쫘과과과과광!

지면을 강타한 뇌전 브레스는 지면을 뒤집어 놓았다. 자욱한 흙먼지가 사방에 일어나서 시야를 확보하기 힘들 정도였다.

[로드!]

[녀석은 당하지 않았다.]

다른 드래곤이 보기에 티엘은 영락없이 드래곤 브레스에 적중한 것으로 보였지만 막상 공격을 시전한 카스피스가 느낀 부분은 달랐다.

[대비해라!]

이상 징조를 감지한 그가 외쳤지만 이미 티엘의 공격은 이어지고 있었다.

피슛! 피슈슛!

후방에 있던 드래곤 둘의 전신을 휘감으며 삼십여 개가 넘는 공간검이 동체를 공략했다.

캬아아아아!

연신 비명을 터뜨리던 두 드래곤 동체 사이로 마나가 흘러나오며 무너졌다. 그 사이로 모습을 드러낸 티엘은 카스피스를 보며 박수를 쳤다.

짝짝짝!

"확실히 제법이야. 내가 이 수법까지 사용하게 만들 줄 몰랐는데."

다른 드래곤으로 자신을 붙잡아놓게 만들고 가장 빠른 뇌전 브레스로 한 방을 노린다. 만약 정면으로 받아냈다면 다른 드래곤들이 브레스를 시전할 수 있는 시간을 허용할 뻔했다.

하지만 티엘은 그것을 정면으로 받아내기보다 피하는 걸 택했다. 상대의 공격을 받아낼 때 가장 하수인 것은 정면으로 막는 것이고, 그다음은 흘리는 것이다. 최선의 수는 아에 접촉하지 않고 피하는 게 최고다.

"이런 모습을 다른 드래곤들에게 보여줬다면 선택을 하지 않아도 됐을 텐데."

[……]

파직! 파지직!

마치 승리를 한 것처럼 말하는 티엘의 모습에 카스피스에게서 금빛 뇌전이 휘몰아쳤다.

"그럼 이차전을 시작해 볼까."

자유롭게 공간을 누비는 그의 검은 공략이 불가능한 최강의 수였다.

드래곤들은 누구도 공간검의 기미를 파악하지 못했으며, 어렵게 피하더라도 그다음 공격이 끊임없이 이어지면서 기어코 공격을 성공시켰다.

드래곤본을 꿰뚫는 이 공격이 적중하는 순간, 득달처럼 달려드는 검을 막아내야 했고, 이를 정면으로 막아낼 수 있는 드래곤은 없었다.

카스피스는 드래곤이 하나둘씩 쓰러지는 것을 보며 자신의 실수를 온몸으로 체감해야 했다.

어떻게든 티엘을 붙잡아놓고 공략을 하려고 했지만 그마저도 불가능했다.

이미 그는 검과 하나였고, 자유롭게 공간을 누비는 지배자였다.

[크아아아! 죽여 버리겠다! 죽여 버리겠어!]

"시끄러."

전신에 구멍이 꿰뚫리고도 끝까지 버텨내며 브레스를 토해내는 베르니스를 보며 티엘은 마검 그로인츠를 허공에 그었다. 그러자 공간검 세 가닥이 등과 허리, 목 부근을 꿰뚫어서 침묵시켰다. 드래곤 하트에 큰 충격을 받은 그가 더 이상 견뎌낼 재간은 없었다.

쿠웅!

베르니스를 마지막으로 카스피스를 제외한 모든 드래곤이

쓰러졌다.

그렇게 되는 데 걸린 시간은 채 한 시간도 걸리지 않았다.

[정말, 정말 내 선택은 잘못된 것이었나.]

"이렇게 뭔 길 보고도 이 뢰 헌신을 도피하고 싶나?"

[하지만, 하지만 우리들은⋯⋯.]

카스피스는 현실을 부정하고 싶었다.

모든 게 눈앞의 티엘 때문이었다.

만약 그를 만나지 않았더라면 드래곤은 수호자의 입장으로 천족과 마족의 충돌을 지켜보면서 중간에서 최대한 이익을 얻어냈을 것이다. 하지만 그의 개입으로 모든 게 어그러지고 망가졌다.

원망 섞인 눈길에서 그 감정이 고스란히 묻어나오고 있었다.

그것을 감지한 티엘은 피식 웃으며 반문했다.

"어리석은 길을 걷고 있었지. 이렇게 되도록 지켜보고 있었던 것은 전적으로 드래곤 로드, 네 책임이다."

[나는, 나는⋯⋯.]

만 년 가까이 살아온 모든 삶을 부정당하는 입장은 상상도 하지 못했다. 정신이 붕괴될 것 같은 큰 충격에 카스피스의 동체가 위태롭게 흔들렸다.

그것을 봤지만 티엘은 전혀 개의치 않고 천천히 손을 들었다.

예고했던 것처럼 확실하게 마무리를 할 생각이었던 것이다.

하지만 그 행동도 카스피스를 가로막는 한 인영을 보고 멈출 수밖에 없었다.

"지금 뭐하는 거지, 제스피아리스?"

결정적인 순간 나타난 것은 다름 아닌 제스피아리스였다.

폴리모프 해제도 하지 않은 채 맨몸으로 모습을 드러낸 그녀는 간절함이 섞인 얼굴로 티엘을 바라보고 있었다.

"북부의 여제를 이곳에서 보다니, 중간계에 나오니 이런 재미있는 일도 일어나는군."

천계와 마계는 서로를 부정하며 끝없이 전쟁에 전쟁을 이어왔다.

그중에서 가장 치열한 전장인 북부는 천족과 마족 모두 골칫덩어리였다.

무수히 많은 동족이 죽어나가며 어떠한 전공도 거두지 못하는 곳이기 때문이다.

그곳을 총괄하는 천황 키엘기스는 지닌 무위와 탁월한 통솔력을 지녔고, 과거 북부 전선의 전쟁을 종식시킬 만큼 큰 전공을 거뒀다.

그러던 중 모습을 드러낸 것이 클로라이네였다.

몇몇 수족만 거느린 그녀는 당시 마왕에 불과했으나 그다음 이어진 결과는 놀라운 것이었다.

키엘기스를 따르던 천왕이 소멸되어 나갔고 수세에 몰렸던 북부 진신도 차츰 균형이 맞춰지기 시작하더니, 나중에는 소모전 양상으로 바뀌었다.

그사이 클로라이네는 마왕에서 마황 반열에 올라섰고, 그녀를 따르는 마족의 숫자가 늘어나면서 키엘기스를 압박해 나갔다.

이런 상황임에도 마족 사이에서 북부 전선의 지원은 원활하지 않았다. 클로라이네와 그를 따르는 수족들의 눈부신 활약이 이어졌지만 키엘기스가 버티고 있는 북부 전선을 넘지 못하는 이유 중 하나가 바로 그것이었다.

그곳에서 붙여진 별명이 바로 북부의 여제.

마족보다 천족에게 더 이름이 알려진 것이 바로 클로라이네란 이름이었다.

"그 이름이 지닌 무게를 모르지 않을 텐데."

"물론. 내 귀를 간지럽게 만들 정도로 요란하게 울려 퍼지던 이름을 모른다는 건 말도 안 되는 일이지. 그 무게 또한 무거운 일이고. 그래서 어찌 더 기쁘지 않을까. 여기서 널 소멸시킨다면 모든 천족의 이목이 내게 집중될 수 있는 일인데."

키엘기스는 최강의 천황이지만 클로라이네의 등장으로 빛

을 바래고 말았다.

그것을 가장 반긴 천황 중 하나가 미델쿠스였다. 키엘기스가 최고의 활약을 펼칠 때 서부 전선에서 미미한 성과만 거두었던 그는 언제나 키엘기스를 뛰어넘겠다는 생각만 하고 있었다.

클로라이네를 꺾을 수만 있다면 그 위명은 고스란히 자신의 것이 된다.

그랬기에 미델쿠스의 얼굴에 전의가 넘쳐났다.

"가능하다고 생각해?"

"물론. 어찌 내가 반쪽짜리 마황에게 겁을 먹을까. 안 그런가, 클로라이네?"

"……."

반쪽짜리라는 언급에 클로라이네의 표정이 딱딱하게 굳어갔다.

"방금 그 말, 책임질 수 있어?"

"어찌 천황인 내가 책임 못 질 말을 할까. 반쪽짜리 마황, 이제 네 주제를 파악할 때다."

미델쿠스의 말이 도발이라면 성공이었다.

주먹을 움켜쥔 클로라이네의 두 눈에 푸른 불꽃이 일렁이고 있었다.

카스피스의 앞을 가로막은 제스피아리스의 표정은 간절했다. 하지만 그것을 지켜보는 티엘의 눈은 차갑게 가라앉아 있었다.

"제스피아리스."

"한 번, 드래곤들에게 한 번만 기회를 주면 안 되나요?"

간절한 목소리로 말을 했지만 그것이 티엘에게 어떠한 영향도 끼칠 수 없었다.

드래곤의 움직임은 예상대로였고 모두 쓰러뜨린 지금, 중간계의 수호자로 오만하게 군림하던 저들의 버릇을 고쳐줄 수 있는 절호의 기회가 되었다.

"이걸 그냥 넘어갈 거라 생각한 건 아니겠지?"

"알고 있어요. 앞으로 어떤 일이 닥칠 거란 것도. 하지만 한 번, 한 번만 기회를 주면 안 되나요? 이 정도면 충분히 정신을 차렸을 거예요."

"아니, 아직 정신 못 차렸다."

끝까지 자신의 책임이라고 인정하기보다 남의 탓으로 돌리는 카스피스였다.

그 모습을 본 티엘은 깊이 실망했고 드래곤의 인식 개선을 위해서는 고여서 썩은 물이 되어버린 고룡들의 소멸이 필요했다.

"당당히 드래곤을 상대하겠다던 너의 모습과 지금의 모습은 많이 다르군. 날 실망시킨 대가는 크다."

키이잉! 키이잉!

티엘이 마검 그로인츠를 들자 푸른 기운이 휘몰아치면서 공간이 요동쳤다.

그것을 본 제스피아리스의 마음은 더욱 다급해졌다.

"맹약을 걸겠어요! 저에게 한 번만 기회를 준다면 절대 실망시키지 않을게요!"

"맹약이라고?"

"네! 드래곤 하트를 걸고 맹약을 걸겠어요. 이래도 부족한가요?"

"드래곤 하트라……."

드래곤의 맹약은 반드시 이행해야만 하는 것으로, 설사 소멸을 하더라도 이뤄내지 못한 값은 무겁다. 그렇기에 드래곤은 함부로 확언을 하지 않고, 누군가와 약속을 하지도 않는다.

방금 제스피아리스가 언급한 드래곤 하트의 맹약은 사실상 자신의 존재 자체를 건 외침이라고 봐도 무방했다.

"그 말, 진심인가?"

"물론이에요. 목숨을 걸지 못할 정도라면 나서지도 않았을 거예요."

"……."

제스피아리스의 말에 티엘은 생각에 잠겼다. 그녀가 이렇게 단호하게 나설 줄은 그로서도 미처 예상치 못했다. 차근차근 인식의 변화를 이끌어낸 뒤, 클로라이네와 미델쿠스의 대실이 끝나면 목표 의식을 심어줄 생각이었다.

하지만 자신이 심어놓은 씨앗은 훨씬 빠르게 싹을 틔운 듯했다.

이는 추가적인 노력을 할 필요가 없다는 의미였으니 티엘에게 나쁠 것은 없었다.

"구체적으로 맹약의 내용은 뭐지?"

"당신이 원하는 방향의 드래곤 의식 개선을 위해 나서겠어요. 설사 소멸을 하더라도 그 임무를 반드시 해낼 테니 믿고 지켜봐주면 안 되나요?"

그 목소리에는 확고한 목표 의식이 묻어나오고 있었다. 살짝 고개를 끄덕인 티엘은 제스피아리스 뒤에 있는 카스피스를 보며 입꼬리를 말아 올렸다.

"이렇게 열정적으로 나서는 어린 웜급 드래곤을 보며 무슨 생각이 들지, 드래곤 로드?"

[······.]

전신에 퍼져 나가는 모멸감에 카스피스는 아무 말도 하지 않았다.

부끄럽고 당장 소멸되고 싶다는 생각이 들었다.

아직 어린 월급 드래곤조차 중간계 수호자로 인식을 하고 자신의 존재 지체를 걸면서 나서는데 자신은 그러지도 못하고 있었으니까.

당장 숨어버리고 싶은 마음이 들 정도였지만 카스피스는 마지막 한 줄기 용기를 쥐어짜냈다.

[내 모습이 이렇게 부끄러울 줄 몰랐다. 만약 내게 다시 한 번의 기회만 준다면 제스피아리스를 드래곤 로드로 만들기 위해 내 남은 삶을 바치겠다.]

강한 의지가 실린 말은 곧 약속이 된다. 제스피아리스의 용기에 감복한 카스피스의 변화에 티엘은 픽하니 웃으며 턱을 매만졌다.

"이런 신파극은 좋아하지 않는데."

마치 잘 짜인 연극처럼 결정적인 순간에 나선 제스피아리스와 인식을 바꾼 카스피스.

티엘의 마음에 드는 전개가 아니었다. 애초에 예상했던 부분과 많이 달라지기도 했고.

"별수 없지. 제안을 받아들인다."

"정말인가요? 그럼 당장 맹약을……."

"아니, 굳이 강제적인 수단을 할 이유는 없겠지. 자신이 외친 말에 책임을 지지 못한다면 드래곤의 미래도 거기까지란 뜻이니까."

괜히 제스피아리스가 자신에게 얽매여서 귀찮은 일이 생겨나는 것은 사양이었다.

"대신 내가 살아 있는 한 지켜볼 것이다. 드래곤이 어떻게 바뀌어 가는지. 만약 내가 만족할 만한 모습을 보이지 못한다면 굉장히 실망하겠지. 그리고 그 대가는 크다는 것만 알아두면 된다."

"물론이에요."

환하게 밝아진 제스피아리스의 얼굴을 보며 티엘은 쓰러져 있는 드래곤들을 가리켰다.

"데리고 가라. 다른 드래곤들도 죽이지는 않았으니 잘 요양하면 제 구실을 할 수 있을 거다."

그 말을 들은 카스피스와 제스피아리스가 허둥지둥 쓰러진 드래곤들을 수습해 나갔다.

그 광경을 지켜보던 티엘은 작게 고개를 저었다.

"마음에 들지는 않지만 결과 자체는 괜찮으니까."

한 가지 일을 끝냈으니 다음 일을 해야 했다.

티엘의 시선이 치열한 전투가 벌어지는 장소로 향하더니 천천히 그곳으로 향했다.

흑룡왕 카를렌스의 힘을 온전히 받아들인 클레디오 백작은 이전과 비교할 수 없을 정도로 강해진 자신의 모습을 볼 수 있었다.

특별히 수법이 늘어난 것도 아니고, 사고의 폭이 넓어진 것도 아니다. 기존에 발휘하던 무위가 강력한 힘과 맞물리면서 더 강한 위력을 발휘할 수 있게 되었고, 더 매끄럽게 운용이 가능해졌다.

검으로 구사하는 브레스 또한 마찬가지였다.

그의 의지가 미치는 순간, 검끝을 타고 드래곤의 브레스가 시전되었다.

쏴아아아!

"네, 네놈……."

로이스델은 자신의 공격을 어렵지 않게 무력화시키고 반격을 가해오는 클레디오 백작을 보며 표정을 일그러뜨렸다.

그는 천왕 중에서 두각을 드러내지 못하는 하위권에 속해 있었다. 그랬기에 힘에 대한 갈망이 컸고, 자신을 증명해 보여야 한다는 강박관념에 시달렸다.

하지만 실상은 눈앞의 인간마저 감당하는 것이 쉽지 않았다.

공방이 이어질 때마다 밀리는 모습을 보면서 자신이 질 수도 있다는 생각이 머릿속에 퍼져 나갔다.

"약해. 이 정도가 천왕이라면 내 기대에 한참 미치지 못하는군."

"닥쳐라!"

파앗! 파바밧!

사방으로 뻗어 나간 빛의 공격이 클레디오 백작의 전신을 뒤덮어 나갔지만 그는 전혀 당황하지 않고 차분하게 검을 휘둘렀다.

터덩! 터더더덩!

마치 벽에 가로막힌 것처럼 빛의 공격은 허망하게 소멸되었다. 기본적인 힘의 우위를 점하고 있었으니 로이스델의 공격은 효과를 거두지 못했다.

"그만 끝내지."

말이 끝나면서 로이스델의 앞뒤로 검은 브레스가 덮쳐갔다. 그가 전력을 발휘하는 사이, 뒤를 점유한 검에서도 브레스가 시전된 것이다.

"아, 안 돼!"

비명을 지른 로이스델이 전력을 다해 탈출하려고 했지만 앞뒤로 덮쳐온 브레스를 피하지 못했다.

한 줌 빛이 되어 소멸한 로이스델을 보며 클레디오 백작은 가볍게 검을 털어낸 뒤 검집에 꽂아 넣었다. 원하는 대로 천왕을 상대하여 소멸시켰지만 그의 표정은 그리 밝지 못했다.

"제법이군."

"천왕이 이 정도면 굉장히 실망인데."

뒤에서 들려온 티엘의 목소리에 당황하지 않고 대답했다.

"친왕 중에서 약한 편으로 보였으니까. 그래도 천왕을 그 정도로 몰아칠 수 있었던 것 자체가 큰 발전을 이뤄냈다는 것 아닌가?"

"그렇게 볼 수도 있겠지."

천왕을 꺾으면 내면의 갈증이 사라질 거라 생각했지만 오히려 더 강해졌다.

자신이 지닌 모든 것을 발휘하고 부딪쳐 보고 싶었다. 하지만 천왕을 상대로도 그것이 불가능하다는 걸 알게 되자 티엘을 향한 열망은 더욱 커져갔다.

"내 목표는 너다."

"아직 부족해."

"그래도 널 꺾고 말 것이다. 내 도전을 거부할 생각인가?"

"그럴 리가. 발전하는 모습을 보면 나도 자극이 되니까. 하지만 예전의 수준이 아니니 충돌 여파를 감당할 수 있는 전장이 마련되어야겠지."

"그건 상관없다. 장소는 아무 곳이나 정해도 되니까. 그때를 기다리겠다."

치열한 전투가 벌어지고 있었지만 클레디오 백작의 관심 밖이었다.

몸을 돌린 그는 그대로 자리를 벗어났다.

"멋대로인 것은 여전하군."

하지만 그의 도움으로 손을 쓸 일이 사라졌으니 티엘로서도 만족스러웠다.

천황 미델쿠스는 본인이 지닌 빛의 마나를 바탕으로 한 공격을 펼쳐냈다.

좌악! 키이잉!

한 줄기 공격이 허공을 가를 때마다 공간이 일그러지면서 요란한 소리가 울려 퍼졌다. 그 속도가 빛의 속성을 지녀 빨랐지만 클로라이네가 피하는 것은 어렵지 않았다. 다만 재차 이어지는 속도가 빠르고, 한 방의 위력이 마황조차 큰 타격을 입을 만큼 강력했기에 쉽사리 파고들지 못하고 있었다.

"이래서는 북쪽의 여제라는 위명이 아쉽지 않나."

쏴아악!

공간을 가른 공격을 피해낸 클로라이네가 손을 뻗었지만 미델쿠스가 펼친 공격에 무산이 되고 말았다.

힘의 우위가 극명하게 드러나는 순간이었다.

"날 좀 더 재미있게 해달라고. 이 정도면 키엘기스에게 이를 갈아온 내가 너무 허망하지."

키이잉!

공간이 저절로 갈라질 만큼 미델쿠스의 전신에서 휘몰아

치는 힘이 강렬해졌다.

"……."

상황을 지켜보던 클로라이네의 눈이 깊어졌다. 그녀 또한 공격적인 성향이 강했지만 피하기 급급한 이유는 미델쿠스가 구사하는 수법 때문이다.

저렇게 힘을 남발하면 장기전으로 흐를 경우 유리해지는 것이 바로 그녀였다.

가장 확실한 승리 방식을 취해야 하는 만큼 클로라이네로서는 당연한 결정이었다.

별안간 공격을 멈춘 미델쿠스는 조용히 그녀를 바라보다가 입꼬리를 말아 올리며 말했다.

"아무래도 내 힘이 빠지길 기다리는 것 같은데. 그건 누구나 생각하는 것이기도 하지."

위이이잉!

미델쿠스를 중심으로 빛의 장막이 펼쳐지기 시작했다. 그것은 바로 앞에 있는 클로라이네의 사방을 점유할 정도로 컸는데, 이상 기류를 감지한 그녀가 몸을 날렸지만 빛의 장막과 충돌하는 순간 무시무시한 폭음이 울려 퍼졌다.

꽈아아앙!

"이건……."

"신의 장막이다! 누구도 벗어날 수 없는 공간 속에서 결판을 내는 거지."

"어떻게 신의 권능을?'

마황조차 벗어날 수 없는 이 공간은 신만이 펼칠 수 있는 권능이었다. 클로라이네이 반문에 미델쿠스는 유쾌한 웃음을 터뜨렸다.

"그걸 말해줄 필요가 있을까? 한 가지 분명한 건 여기서 널 소멸시킨 뒤 네가 지닌 모든 걸 취할 것이다. 그 육체까지 얻는다면 중간계에 온 전리품치고 나쁘지 않겠군."

"……."

좁은 공간 속에서 미델쿠스의 공격을 피해내는 것이 불가능하다는 걸 그녀도 모르지 않았다. 정면으로 대결을 펼쳐야 하지만 압도적인 위력을 지닌 공격을 받아내면 누가 손해를 보게 될지는 명백했다.

"발악해라, 북쪽의 여제여!"

파아앗!

미델쿠스의 공격이 신의 장막 안을 뒤덮었다.

"흠."

티엘은 마황과 천황을 뒤덮은 빛의 장막을 보며 눈을 빛냈다.

이런 현상이 일어날 것은 그조차도 미처 알지 못했다. 전투의 흐름만 보아도 전장이 좁아지면 급격하게 불리해지는 것은 바로 클로라이네였다.

그런데 미델쿠스는 자신이 지닌 장점과 단점을 파악하고 적절하게 활용했다. 클로라이네가 저 공간 안에서 벗어나지 못하면 결과가 보일 정도로.

"개입을 해야 하나?"

결판이 날 때까지 지켜보기로 약속을 했지만 돌아가는 상황은 그리 좋지 못했다.

잠시 고민에 잠겨 있던 티엘은 마음의 결정을 내리고 손을 들었다.

우웅! 우우웅!

어느새 모습을 드러낸 그로인츠는 공명음을 흘리고 있었다.

"여기에서 사용하게 될 줄은 몰랐지만……."

저 공간은 마황조차 부수지 못한 것이다. 그렇다면 티엘도 자신이 지닌 최강의 수법을 사용해야 했다.

자타가 공인하는 최강의 수인 공간검은 누구도 예측할 수 없지만 의외성에 큰 무게를 두고 있을 뿐이다.

티엘은 이 점을 역으로 뒤집어서 공간검의 공간 자체를 비틀었다. 그리고 압축하는 순간, 기존과 차원이 다른 위력이 만들어진다.

콰직! 콰지직!

공간이 어그러지면서 섬뜩한 소리가 연이어 울려 퍼졌다. 이것이 자칫 잘못 튀기라도 하면 황도 절반이 날아갈 수 있다는 걸 모르지 않았기에 힘을 운용하는 데 있어 시종에 신중을 기했다.

그리고 힘이 온전히 그의 의지 아래 통제되는 순간, 검끝을 타고 신의 장막을 향해 뻗어 나갔다.

슈우우욱!

요란한 충돌음이 울리지 않았다. 티엘의 검격이 신의 장막과 함께 뒤섞이면서 빨려 들어가더니, 그대로 장막 전체가 흡수되었다.

그와 동시에 일어나는 빛의 물결. 모든 것을 소멸시키는 신의 절대 권능을 방불케 했다.

그 위력은 신의 장막을 없애는 데 사용되었지만 여파는 고스란히 클로라이네와 미델쿠스가 뒤집어썼을 것이다.

"…이건 아직 조절이 안 되는군."

졸지에 아군까지 공격하게 된 티엘은 어색한 표정으로 중얼거렸다.

신의 장막 안에서 우위를 점하고 있던 미델쿠스는 거대한 충격과 함께 권능 자체가 소멸되자 한동안 아무런 움직임도 보이지 못했다.

그만큼 지금 일어난 현상이 그에게 있어 큰 충격이었던 것이다.

뒤이어 덮쳐오는 후폭풍에 황급히 뒤로 물러난 그의 얼굴은 분노로 얼룩졌다.

"네놈이……."

"결국."

둘의 시선이 허공에 있는 티엘에게 고정되었다. 잠시 멍한 표정을 짓고 있던 그는 둘의 시선이 날아들자 검을 거두는 행동을 했다.

"방해하지 않기로 했을 텐데?"

위기에서 구해줬건만 클로라이네의 목소리에는 가시가 서 있었다.

하지만 뒤에 흘러나온 티엘의 대답은 가관이었다.

"대결이 보이지 않아서 어쩔 수 없었다."

"뭐?"

"……."

반문하는 미델쿠스와 입을 다무는 클로라이네였다. 둘의 얼굴에는 공통적으로 황당함이 묻어나오고 있었다.

단지 대결을 볼 수 없다는 사실에 신의 장막을 거둬 내다니.

상상을 초월하는 기행이었지만 클로라이네의 불쾌함은 사라지지 않았다. 그녀는 티엘이 대충 어떤 의도를 가지고 있었는지 알아차리고는 단호하게 대답했다.

"위기에서 구해줬다고 생각하지 마. 이제부터 본격적으로 움직일 생각이었으니까."

"그래? 즐겁게 지켜보지."

"그럼 지켜봐."

티엘과 클로라이네의 대화에 미델쿠스는 어이없는 표정을 짓다가 픽 웃음을 흘렸다.

"신의 장막이 사라졌다고 아주 기고만장하는군. 그게 없어도 널 제거하는 것쯤은 어렵지 않다."

그리고 앞으로 쇄도하며 빛의 마나가 서린 주먹을 뻗었다. 이번에는 클로라이네도 뒤로 물러나지 않고 그것을 받아쳐 나갔다.

충돌하는 순간, 놀라운 현상이 일어났다. 클로라이네의 몸에 검은 연기가 모락모락 피어나더니, 이내 어둠이 되어 미델쿠스를 덮쳐간 것이다.

쾅!

"이, 이게 무슨……."

당황한 그는 자유롭게 공간을 누비는 어둠을 보며 주먹을 뻗었으나 의도를 이룰 수 없었다.

강맹한 공격을 정면으로 받아내면서 충격을 받은 게 다름 아닌 미델쿠스였던 것이다.

쫘앙! 꽝! 쫘과광!

"으으! 으으으으! 크아아아!"

전신을 뒤덮는 고통에 미델쿠스는 비명을 지르며 빛의 마나를 폭사시켰다. 공간 전체를 덮쳐가며 클로라이네의 어둠과 충돌했지만 전혀 물러서지 않았다.

오히려 여러 갈래로 나뉘는가 싶더니 미델쿠스 앞으로 쇄도하여 한 덩어리로 뭉쳐 다시 제 형상을 갖췄다.

"이게 너와 나의 차이야."

푹!

클로라이네의 손은 미델쿠스의 가슴을 파고들었다. 그리고 빛의 마나로 충만한 내부를 어둠의 마나로 채워 넣었다.

"크으으으! 크악!"

꽝! 쫘광! 쫘과과광!

빛의 마나와 어둠의 마나가 충돌하면 주도권을 차지하기 위해 치열한 충돌을 일으키고 종래에는 혼돈의 성질로 바뀌며 폭발을 일으킨다.

빛의 결정체인 미델쿠스 또한 내부에서 일어나는 그 현상을 이겨내지 못하고 육신이 부서져 내리기 시작했다.

영생을 지닌 천황이 소멸을 맞이하는 순간이었다.

어둠 그 자체에서 제 형상을 되찾은 클로라이네는 전투를 치르기 전과 전혀 달라진 것이 없었다. 그 모습을 지켜보던 티엘이 나직이 중얼거렸다.

"그 수법… 어디서 본 것이군."

"……."

클로라이네는 긍정도 부정도 표현하지 않았다. 오히려 낮게 가라앉은 눈으로 그를 물끄러미 지켜볼 뿐이었다.

"우리의 동맹은 천황이 소멸할 때까지였지. 그리고 천황이 소멸했군."

"알고 있어. 자리를 옮겨."

의미심장한 티엘의 중얼거림에 클로라이네의 대답이었다.

둘의 신형이 허공으로 떠오르더니 그대로 자취를 감추었다.

"이대로는 승부를 볼 수 없군."

천황이 소멸했지만 천왕과 마왕의 대결은 치열하게 전개되었다. 하지만 팽팽하게 대립 구도가 이루어진 대결은 끝을 맺지 못했다.

예리얼은 미델쿠스가 소멸한 시점부터 호시탐탐 후퇴할 기회를 노렸다. 그리고 마왕의 기력이 소진했을 무렵, 휴전 제안을 한 뒤 천계로 돌아갔다.

마왕들로서는 천왕을 제거하는 것이 최선이었으나 장기전으로 흘러가면서 자신들이 역으로 당할 수 있다는 생각을 했다. 분했지만 천왕은 역시 만만한 상대가 아니었다.

"여황 폐하는?"

"자리를 옮기셨다."

"졸지에 버려진 셈이군."

"뭐 그렇지. 우선 거처로 돌아가서 기다린다."

켈그라인의 말에 카이트론은 찬성을 했으나 슈크라인은 고개를 저어보였다.

"나는 잠시 다른 곳에 들를 생각이다."

"왜지?"

"볼일이 있으니 그곳에 들렀다가 돌아가겠다. 다른 계획이라도 있나?"

"아니, 없다. 너무 늦지 말도록."

슈크라인을 물끄러미 바라보던 켈그라인은 더 캐묻지 않고 카이트론과 함께 돌아갔다.

홀로 남은 슈크라인의 눈에 위험한 빛이 서렸다. 처음부터 마음을 단호하게 먹고 있던 그는 티엘이 보여준 신위를 잊지 않고 있었다.

"후환을 남겨둘 수 없다. 확실하게 제거하는 것이 옳겠지."

수명이 유한한 인간이라고 해도 그가 살아 있는 한 어떤 일이 벌어지지 않아도 이상하지 않으리라. 마음속의 결심을 굳힌 슈크라인이 움직이기 시작했다.

목적지는 로운 후작가였다.

전쟁을 승리로 이끈 것과 다르게 로운 후작가의 분위기는 평온했다.

사람들은 여느 날처럼 일상을 영위하고 있었으며, 시장이나 사람이 밀집한 곳은 활기가 넘쳤다.

그곳에 모습을 드러낸 슈크라인은 아무 말도 하지 않고 조용히 내려다보았다.

이대로 이곳을 멸망시키면 티엘이 어떻게 나올지 알 수 없었다. 아마 아끼던 가족들을 잃고 큰 충격을 받아 마족과 적대를 하겠지.

하지만 그때가 되면 자신들은 마계로 돌아간 뒤가 될 터였다. 그가 마계로 건너올 일은 없을 테니 자신에게 모욕을 준 티엘이 최대한 괴로워할 수 있도록 만들어야 했다.

"모든 일을 자초한 것은 네놈이다."

스산한 미소를 지은 슈크라인이 손을 뻗는 순간, 싸늘한 기운이 전신에 퍼져 나가는 것을 느꼈다. 멈칫한 그가 고개를 돌리자 아름다운 인간 여인이 슈크라인을 향해 시선을 고정하고 있었다.

"마왕?"

"넌……."

인간이지만 범상치 않은 기세가 전해졌다. 표정을 와락 구긴 슈크라인은 갑주와 창, 방패를 소환한 뒤 달려들었다.

로즈는 로운 후작가 상공에 모습을 드러낸 마왕을 보고 곧장 움직였다. 그에게서 느껴지는 음험한 기운이 좋은 의도를 가지고 오지 않았음을 알게 해줬다.

그리고 시선을 마주치기 무섭게 공격을 취해오자 검을 뽑아 들었다.

블러디 로즈의 붉은 오러가 검에 아른거리더니 그대로 마왕의 창과 충돌했다.

푸캉!

힘과 힘이 충돌하면서 슈크라인의 몸이 주르륵 밀려났다. 오러 중에서 최강의 위력을 자랑하는 블러디 로즈의 힘을 얕본 것이 화근이었다.

"이, 이게 무슨……."

"마왕과 한 번쯤 겨뤄보고 싶기는 했어."

경악 어린 슈크라인을 보며 로즈가 달려들었다. 의식 바깥에서 비집고 들어오는 검격은 마왕인 슈크라인조차 피하기 어려웠다.

재빠른 몸놀림과 공간 이동으로 피해냈지만 그때마다 재

차 이어지는 공격은 간담을 서늘하게 만들기 충분했다.

"방해 마라!"

슈악!

슈크라인은 어떻게든 로즈를 떨어뜨리려고 했지만 그것은 불가능한 일이었다. 집요하게 따라붙으며 검격을 퍼붓자 하나둘씩 자상이 늘어났다.

"으아아아! 인간 녀석들!"

괴성을 내지르며 창을 던졌다. 검은 기류에 휩싸인 것은 세상을 파괴할 듯 무시무시한 위력을 내포하고 있었다.

[막으면 안 돼요, 로즈!]

'나도 알아.'

저렇게 무식한 공격을 정면으로 막아내는 건 미친 짓이었다. 로즈는 검을 들어 부드럽게 흘려낸 뒤, 창을 잃은 슈크라인을 향해 공격을 퍼부었다.

펑!

연신 공격을 막아내던 방패가 부서졌다. 비틀거리는 슈크라인에게 망설임없이 검을 내지르는 순간, 갑주가 꿰뚫리며 검이 파고들었다.

"이, 이런 말도 안 되는……."

마왕인 자신의 공격을 완벽하게 무력화시키고 치명타를 가한 로즈를 보며 슈크라인은 몸을 떨었다. 왜 이렇게 되었는지 되짚어 보려고 했지만 희미해지는 의식은 그마저도 불가능하게 만들었다.

붉은 오러에 전신이 휩싸이는 순간, 마왕의 육체는 그대로 불타올라 소멸되었다.

[이제 마왕도 꺾을 수 있게 되었네요.]

흡족한 율리아의 목소리가 로즈에게 들려왔지만 그녀는 조용히 고개를 저었다.

"아직 멀었어."

티엘은 이것보다 더 강한 것이 문제였다.

자리를 옮긴 티엘과 클로라이네는 누가 뭐라고 하기도 전에 대결을 벌였다.

클로라이네는 티엘의 공간검을 어렵지 않게 파훼했다. 언제, 어느 순간 덮쳐올지 모르는 공간검이지만 어둠으로 화한 그녀의 육체에 타격을 주는 것은 불가능했던 것이다.

그리고 그녀 또한 티엘에게 타격을 주기 어려운 것은 마찬가지였다.

이미 비슷한 형태를 상대해 본 경험이 있었기에 공간검과 오러 파이어를 적극적으로 활용하여 어둠이 덮쳐올 것을 사전에 튕겨냈다.

서로 창과 방패처럼 끝없이 공격을 하고 방어를 해내며 대결을 벌였지만 어느 쪽도 주도권을 잡지 못했다.

지루할 정도로 이어지던 공방이 기울기 시작한 것은 신의 장막을 거둬낸 티엘의 마지막 한 수가 발휘되면서였다.

극노로 용축퇴이 세닝미지 피괴할 수 있는 검격이 펼쳐지는 순간, 모든 공격을 무위로 돌리는 어둠마저도 견뎌내지 못했다.

"우웩!"

신의 장막마저 파괴시켰지만 클로라이네는 그것을 받아내고도 부상 입는 것에 그쳤다. 하지만 팽팽한 흐름에서 그 부상은 상황을 되돌릴 수 없도록 만드는 데 충분했다.

연신 피를 토하는 클로라이네를 보며 티엘이 한 걸음 앞으로 내딛었다.

"대결이 끝난 듯하군."

"후욱! 후우!"

거칠게 숨을 몰아쉬던 클로라이네는 작게 고개를 끄덕였다. 자신이 패했다는 것을 암묵적으로 인정하는 것과 같았다.

"이거 승리는 했는데 개운치는 않군."

자신은 드래곤을 상대했고, 클로라이네는 천황을 상대했다. 각자 상대했던 적이 격이 다른 만큼 힘이 빠진 마황을 상대로 승리를 거두었다는 생각을 지울 수 없었다.

만약 그녀가 좀 더 체력을 지녔다면 자신의 공격을 막아내지 않고 피했을 테니 말이다.

"그래도 결과는 변하는 게 없어."

"뭐, 그렇긴 하지. 그래도 나란 인간은 변덕이 심해서. 내게 언급했던 비밀을 털어놓으면 한 번쯤 재고할 수 있는데 어때?"

"내 비밀이라… 별다를 게 없어서 실망이 클 수도 있는데?"

"그래도 호기심이 들어서 말이지."

굳이 말을 하려고 하지 않으니 더욱 호기심이 들었다. 재촉의 의미를 담아 바라보니 잠시 망설이던 클로라이네가 대답했다.

"난 사실 인간 출신이야."

"…인간이라고?"

"지금은 마황이지."

부연 설명을 덧붙였지만 티엘에게는 중요하지 않았다. 그제야 클로라이네가 구사한 수법이 무엇인지 알 수 있었다.

"놀랍군. 인간이 마황이 될 거라고는 생각지도 못했는데."

"여러 가지 사정이 있었다. 내 비밀을 말해줬으니 난 돌아가도 되겠지."

"음, 보내주려고 하니 갑자기 아쉬운데."

"차원의 벽이 얇아져서 마족과 천족이 강림하는 것이 전보다 쉬워졌지만 다른 방법으로 강림이 어렵게 만들 수 있다."

"그런 게 있다고?"

"나도 중간계에 오는 게 좋지 않으니 그 방법을 전해주겠다. 그거면 되겠나?"

어차피 클로라이네를 소멸시킬 생각이 없었던 티엘이었나. 그녀가 무사히 돌아가야 천마대전이 좀 더 치열하게 전개될 것이고, 마족이 우위를 점한다면 안전장치를 마련하는 격이 되니 말이다.

"이 정도 대가라면 이야기는 달라지지. 좋아, 제안을 받아들이겠다."

"그건……."

클로라이네의 말이 이어지고, 티엘은 눈을 빛내며 그 내용을 숙지해 나갔다.

모든 내용을 털어놓은 뒤, 마계로 돌아가는 모습을 보며 티엘은 자리에 주저앉았다.

평정을 가장하지 않았다면 자신이 먼저 포기했을 만큼 클로라이네와의 대결은 쉽지 않았다.

"일단 귀찮은 일들을 다 끝났나. 당분간 돌아가서 푹 쉬어야겠군."

검에 기댄 채 티엘은 그렇게 중얼거렸다. 제국의 미래가 어떻고 하는 것은 그다지 생각하고 싶지 않았다.

에필로그

세상을 뒤집어 놓았던 천족과 마족, 드래곤의 전쟁이 끝났지만 제국은 여전히 전운에 휩싸였다.

천족의 유혹에서 깨어난 황도 백성들을 단단히 응집시킨 레디븐 백작은 대대적으로 전열을 가다듬어 왕국을 선포했다. 그리고 제이안에게 크루필드라는 성과 공작의 작위를 수여하여 왕국의 전반을 맡겼다.

이러한 움직임에 히드로 2세는 다급하게 움직였지만 별다른 수확은 없었다. 북부 지방의 소진된 전력으로는 인적 자원이 풍부한 중부와 동부 일대를 쥔 레디븐 백작을 꺾는 것이 쉽지 않았다.

오히려 압도적인 군세로 밀어붙이니, 히드로 2세로서는 터전으로 자리 잡은 제국 북부 전체를 잃을 위기에 처하고 말았다.

이런 그에게 질렛은 연일 건의를 했다.

"변화가 필요합니다. 폐하, 부디 현명한 결단을 내리셔서 제국의 미래를 도모하시옵소서."

"받아들여야만 하는 것인가?"

"이대로 지켜보면 제국의 모든 역사가 뒤안길로 사라지게 됩니다. 폐하의 결정이 필요합니다."

"그 수밖에 없군."

질렛의 제안은 클로라이네를 모시는 암흑왕국의 부활이었다.

마황의 총애를 받은 군대는 헤셀 백작이 보유했던 불사의 군대처럼 자국 영토 내에서 강력한 힘을 발휘하게 된다. 하지만 영원히 암흑이라는 단어를 떼어놓을 수 없다.

히드로 2세는 끝까지 버티고자 했지만 구 암흑왕국이 자리하고 있던 북부 출신 귀족들의 주장에 버텨낼 수 없었다. 거기에 카본 대공까지 괜찮다는 조언을 하니, 기존의 제국에서 새로운 암흑제국으로 거듭났다.

중부와 북부가 매일 전쟁을 치를 무렵, 남부 지방은 평화로웠다.

전쟁을 치른 뒤, 모든 일정을 뒤로하고 칩거에 들어간 티엘이 좀처럼 움직임을 보이지 않았던 것이다.

하지만 암옥제국을 신포라고 힌 달 뒤, 티엘도 스스로 대공의 자리에 올라 공국을 선포하면서 제국과의 끈을 완전히 분리시켰다.

로운 공국은 이전 제국 남부부터 시작하여 동부, 서부까지 영향력을 행사하는 막강한 국가로 거듭났다.

로즈가 가문을 습격하려던 슈크라인을 소멸시켰다는 걸 알게 된 티엘은 진심을 담아 그녀에게 감사의 인사를 건넸다.

겉으로 티를 내지 않았지만 로즈는 그 말을 듣고 기분 좋은 미소를 지어 보였다.

그리고 그녀가 그토록 듣기 원하던 말을 들을 수 있게 되었다.

"네가 원한다면 받아들이겠다. 나와 같이 사는 것이 어떠냐?"

"……."

꿈에도 그리던 말을 들은 로즈는 아무 대답도 하지 않았다. 그것이 벅찬 감동을 이기지 못해서라고 생각했지만 그녀에게서 들려온 대답은 티엘의 생각과 전혀 다른 것이었다.

"거절할게요."

"…뭐라고?"

"그 말을 받아들일 수 없어요. 제가 마왕을 물리쳤다는 감사의 표시로 저를 부인으로 삼을 필요는 없어요."

[잘했어, 로즈! 저 얼빠진 표정 봐.]

율리아는 황당한 표정을 짓는 티엘을 보며 유쾌한 웃음을 터뜨렸다.

"동정심의 발로로 보였나?"

로즈는 조용히 고개를 끄덕였다. 그리고 그의 눈을 직시하며 자신의 생각을 털어놓았다.

"무너진 제 자존심은 그걸 받아들이지 말라고 하고 있어요. 저는 제 실력으로 당당히 부인이 되겠어요. 일 년에 한 번, 실력을 길러 확실하게 대공을 꺾어서요."

"그게 생각보다 쉽지 않을 텐데?"

불가능하다고 말을 하려고 했지만 표현을 순화한 티엘이었다. 그렇다고 억지로 져주는 것은 그도, 로즈도 원하는 게 아니었다.

"괜찮아요. 그 정도 목표는 있어야 한다고 생각하니까요."

"그렇게까지 말을 하니 어쩔 수 없군."

어깨를 으쓱한 티엘은 아무래도 상관없다는 표정이었다. 한편으로는 로즈의 뚝심이 마음에 들었고, 실력을 따라잡힐 수 없다는 각오가 서기도 했다.

"지켜봐요. 근시일 내에 반드시 뛰어넘을 테니까."

"나도 열심히 노력하는 수밖에 없군."

허공에서 마주한 둘은 시모를 향해 미소를 지어 보였다.

공국으로 거듭나면서 로운 공국의 영향력은 하루가 다르게 늘어났다.

공식적인 행사마저도 참가하지 않는 티엘로 인해 군사부 책사들은 몸이 열 개라고 해도 부족할 만큼 바쁘게 움직여야만 했다.

특히 영향력에 비해 후작가로 남는 것은 말도 안 된다며 공국으로 올라설 것을 강력하게 주장했던 토릭슨은 얼굴이 반쪽이 되어 힘없는 어조로 중얼거렸다.

"이거… 아주 죽어나는데?"

"우리도 나이가 든 것 같습니다."

제이론이 쓴웃음을 지으며 그 말을 받았다.

머리 하나로 대륙을 가지고 놀 수 있는 그들이었지만 일에 치여 살면서 티엘이 왜 일선에서 물러나 유유자적 살고자 하는지 알게 되었다.

"아무래도 안 되겠어."

"뭐가 말입니까?"

"우리도 일을 대신해 줄 수 있는 노예… 아니, 후임을 찾아야겠어. 그래야 개인적인 생활을 영위하면서 즐겁게 살 수 있지 않겠어?"

"형님도 그렇게 생각하고 있었습니까? 안 그래도 저도 같은 생각이었습니다."

주군과 오랜 세월을 함께 한 부하도 닮는 법인가.

그들의 생각은 일치했다.

그리고 새로운 노예… 아니, 공국을 받칠 인재를 찾기 시작했다.

평화로운 나날이지만 가끔씩 이어지는 클레디오 백작의 도전과 일 년마다 찾아오는 로즈의 도전은 티엘로 하여금 심심하지 않게 만들어줬다.

순간의 방심이 패배를 만들어낼 수 있다는 것이 기분 좋은 긴장감을 유지하게 해주었다.

사랑하는 가족들이 있고, 자식들도 무럭무럭 자라나고 있다. 나이가 많은 어머니도 건강하고, 여동생도 행복하게 살아가니 티엘로서는 하루하루가 만족의 연속이었다.

"그래도 쉽게 져줄 생각은 없으니까."

해마다 찾아오는 로즈의 무위는 티엘의 상식 범위에서 벗어날 정도로 강해지고 있었다.

처음에는 절대 패하는 일이 없을 거라 생각했지만 이번 해에서는 일격을 허용하면서 처음으로 궁지에 몰리게 되었다.

노련한 대처로 막아낸 뒤 승리를 거두었지만 이대로 있으면 내년에는 패배를 할 수 있다는 위기감이 들었다.

우웅! 우우웅!

최근 그가 수련하는 것은 공간검과 응축검이라 이름 붙인 검격의 조화였다.

모든 것을 응축하여 소멸의 기운을 만들어내는 응축검은 고도의 집중력을 소모했기에 적절한 수준에서 공간검과 합치고자 했다.

하지만 최근 십여 년 동안 진전을 보이지 않았고, 얼마 전 로즈와 겨루면서 힌트를 얻어 완성할 수 있었다.

거대한 힘이 응축에 응축을 거듭하며 소멸의 기운을 만들어낸 뒤, 공간검에 담아 펼쳐내면 설사 신이라고 해도 무너뜨릴 수 있을 거라 생각했다.

파아앗!

허공에 펼쳐진 검격은 공간 자체를 비틀어서 그대로 찢어 버렸다. 이전 공간검과 차원이 다른 위력에 티엘은 미소를 지었다.

"이거면 되겠……."

만족을 표하던 그의 미소는 끝까지 이어지지 못했다.

키에에에! 크롸롸롸롸!

찢어발겨진 공간의 틈 사이로 섬뜩한 괴성이 흘러나왔던 것이다.

그의 뇌리로 익숙한 광경이 스쳐 지나갔다. 그리고 불길한 예감이 꼭 들어맞는 것을 증명이라도 하듯, 공간 너머로 기괴하게 생긴 생명체가 속속 모습을 드러내기 시작했다.

두두두두!

마계의 마수도 아니고, 천계의 생명체도 아니었다. 머리가 세 개에 다리가 열한 개 달린 말 같은 생물이 있었고, 전갈 꼬리가 달린 거인도 있었다.

살기를 풀풀 풍기는 모습을 보면 결코 호의를 품고 있지 않은 듯했다.

아마 그가 펼친 소멸의 힘이 사라질 때까지 이 기괴망측한 생명체들이 나타나리라.

"또 저질러 버렸군……."

황당한 표정을 지은 티엘이 볼을 긁적였다.

『레드 크로니클』완결

데일리 히어로

FUSION FANTASTIC STORY

인기영 장편 소설

지금까지 이런 영웅은 없었다!

『데일리 히어로』

꿈과 이상을 가진 평.범.한. 고딩 유지웅.
하지만……
현실은 '빵 셔틀'일 뿐.

그러던 어느 날, 유지웅의 앞에 나타난 고양이.
그(?)로 인해 모든 것이 바뀌었다.

선행! 선행! 그리고 또 선행!

데일리 히어로 유지웅의 선행 쌓기 프로젝트!

강준현 장편 소설

FUSION FANTASTIC STORY

개척자
Pioneer

Book Publishing CHUNGEORAM

유행이 아닌 자유추구 -
WWW.chungeoram.com

글삶 장편 소설
FUSION FANTASTIC STORY
세상을 다가져라

[세상을 다 가져라]

문피아 선호작 베스트 작품 전격 출간!
현대판타지, 그 상상력의 한계를 넘어서다!

권고사직을 당한 지 2년째의 백수 권혁준.

우연히 타게 된 괴상한 발명품으로 인해
과거로 회귀한다!

그런데
과거로 온 혁준의 손에 들려 있는 것은 바로
최신형 스마트폰!

"까짓 세상, 죄다 가져 버리겠다 이거야!"

백수였던 혁준의 짜릿한 인생 역전이 시작된다!

야차전기

임영기 新무협 판타지 소설

FANTASTIC ORIENTAL HEROES

『무정도』,『등룡기』의 작가 임영기.
2015년 봄, 야차가 강림한다!

"오 년 후에 백학무숙을 마치게 되면
누나를 찾아오너라."
가문의 멸망.
복수만을 꿈꾸며 하나뿐인 혈육과 헤어졌다.
하지만 금의환향의 길에 벌어진 엇갈림…

모든 것이 무너진 사내 화용군!
재처럼 타버린 위에
삼면육비(三面六臂)의 야차가 되어 살아났다!

악이여, 목을 씻고 기다려라!

우각 新무협 판타지 소설

FANTASTIC ORIENTAL HEROES

북검전기